赤色命運：無法逃離的故鄉
U0931883

作者簡介

玖月

愛發白日夢，穿梭於不同的幻想之中，也很喜歡鸚鵡，總是嘗試與牠們溝通，卻很多時候被牠們當成傻瓜吧？也許總是抽離現實，靈魂闖入了不同的維度，覺得當一個作家很帥，一筆一觸把腦海中的思緒走出大世界，從此踏上了寫作之路。

目錄

推薦序

在2025年春季，我非常榮幸能為玖月的首部小說《赤色命運：無法逃離的故鄉》撰寫序言。作為一位剛步入文壇的新銳作家，作者以獨特的視角將科幻與言情巧妙融合，創造出一個引人入勝的故事世界。我見證了她從職場到文壇的精彩轉型，這份才華與勇氣令人敬佩。

值得一提的是，作者沉澱了一整年的時間，提煉出十萬字的心血結晶，展現了她的毅力和對文學的熱愛。《赤色命運》以深邃的故鄉情結為核心，探索了人類在情感交織下的命運抉擇。書中的蝴蝶效應，環環相扣，同時洋溢著浪漫與希望的情感張力。從大綱來看，故事結構層次分明，人物塑造細膩，展現了作者對敘事藝術的深厚掌控。

作為曾與她共處職場的前輩，我為她的毅力感到由衷欣慰。她將人生經歷化為文字的瑰寶，這部作品不僅是她個人夢想的實現，更是對所有追求自我價值的讀者的一份鼓舞。我誠摯推薦《赤色命運》，期待它在科幻言情領域掀起波瀾，並為作者開啟更廣闊的文學之旅。願這本書成為讀者心中的燈塔，照亮無盡的想像與情感的深處。

黃國峻

Kiehl's品牌總經理

自序

每一段故事的開端，總是源於一個簡單的「為什麼」。或許是在一個不經意的眼神中，或是一段輕描淡寫的對話裏。而我開始構思這個故事時，腦海裏浮現的是那句回應著「為什麼」的哀求：「求你不要再問了」。這句話猶如一道裂縫，讓我忍不住想探尋深淵裏隱藏的秘密。

在這個故事中，我希望讀者能夠跟隨主角們的足跡，一起經歷他們的掙扎、迷惘與成長。或許命運並不能輕易地被改變，但我們可以「選擇」如何面對它。希望當你合上本書時，心中仍能迴盪著他們的故事，勇敢地面對自己的「選擇」。

感謝你願意踏上這段探索真相與人心的旅程，讓我們一起揭開那些埋藏於五尺之下的秘密吧。

第一章 命運之開端

回憶中可憐的宋亦寧哭著求他：「求你，不要再問了。」

如果時間能夠倒帶，有多好？

高聳入雲的住宅大廈傲碧灣，繁華盛世的約市到了晚上也是人來人往，燈火不滅。大部分人在這個時間點也應該吃過晚飯準備休息，不過這個人卻在準備飯餸，當烤爐完成的聲音響起。也是大門被打開的一刻。一個揹著相機袋及背包的女子跑進來，她的白襯衫及牛仔褲均沾有灰塵，臉龐都是髒兮兮，身上散發出硝煙的味道。這個女子卸下物品後一支箭衝過去。

「我回來了。」這個彷彿從戰場上衝鋒陷陣回來的宋亦寧上前想偷吃前菜，卻被天行的指尖擋了她的眉心，除了是她沒洗手之外，最主要的是因為他看見飯廳內的大銀幕播著一則關於黑幫私營的軍火廠發生爆炸，新聞播著的畫面有亦寧的身影。

「軍火庫？你到底還要不要命？」天行輕輕拽了亦寧的馬尾，亦寧聽到新聞報導，她向後觀看，便見到自己奮不顧身帶著助手張清源闖入封鎖區域。

「你看，我都沒有事。」

天行聞一聞她後便說：「臭死了。」

亦寧裝了個鬼臉：「才沒有啦。」

天行單手揹起她進了浴室，豈能不知道這個女子從來都是橫衝直撞、滿腔熱血？因為她擁有這股熱血，他們才會相遇的。

大漠沙塵滾滾，赤沙無雲的軍士基地中，天行穿著墨綠色外套配上迷彩行軍褲子，隱約露出黑色背心，頸上戴著刻有他名字縮寫〈TH〉的頸鏈，躺在軍事基地天台上的沙灘椅上，在太陽傘下喝著玻璃樽裝可樂，悠然自得地搖搖腿。他身邊來了個人，怎麼叫喚他，他也沒有理會的閉上眼睛。被忽視的這個人用指尖推開天行的眉頭深鎖，令天行張開了眼睛。

「紀天行先生，可以接受採訪嗎？」

說話的正是宋亦寧，那個時候的她是休閑的牛仔風，雙眸水晶般清亮、透徹，她微笑的臉頰微帶胭脂的泛紅臉龐，墨黑的長馬尾隨旗飄揚，神色間透露出她看見了稀世珍寶，

她遞出手示好，天行看得出了神，亦寧也是呆住了的看著他，清風吹起，懸掛半分鐘的美好。

出身於古老大家族的天行，他和家族的人都是非常低調，任何訪問都免談，還有，最主要是天行懶得理會傳媒對他的報導或任何花邊揣測。

一個敦厚老實的彼特中尉，他打扮和名字都與知名炸雞快餐店品牌彼特中尉一樣，大家私底下都戲笑他做炸雞中尉，穿著整齊的墨綠軍裝，肩膀上是一個個勳章，他大汗淋漓，一邊用手帕抹臉，一邊揮手阻止亦寧的打擾說：「哎呀，宋記者你不可以擅自接觸紀先生！」

「我只想好好認識紀先生。」

炸雞中尉拉走了宋亦寧，但是她還鍥而不捨。說來這個宋亦寧也是奇特，天行越是拒絕，她越不死心。在早晚的相處，宋亦寧是有種熱血又好像無所畏懼，或許她根本不聽人勸導。亦寧拉扯著助手清源跳上運行中的軍用越野車，清源深深不忿地叫苦：「我回去辭職，你這個瘋女人。」

亦寧很興奮地說：「這可是難得的機會去到前線。」

「我的第一志願可不是與你同一組，我要向總編申請轉組。」

亦寧拍打了清源的後腦袋恐嚇他：「你斗膽？」

清源叫苦連天，很想鑽回舒服涼快的床鋪打遊戲。

天行穿著黑背心、迷彩軍事裝備及戴著太陽眼鏡，閃閃發亮的頸鏈吊墜在他胸前搖動，他型爆地從車尾一躍而上軍用越野車。亦寧興奮地遞出手，這次天行終於跟她握了手，亦寧抓緊了有一瞬間晃神的天行。

「紀先生，可以接受我的採訪嗎？」

天行偏偏頭凝視著宋亦寧，令她臉紅了。幾下的咳嗽聲引來大家的注意，是肩膀有三粒星、胸口有著多個動章、身如巨碩灰熊的秦查理上將。

秦上將說：「肅靜。」車子駛入隱密基地中，大家都紛紛跳下車，天行著地後向亦寧伸出手，扶著她下車，亦寧站不穩而撞到天行。

「對不起。」亦寧臉紅了，低著頭道歉，天行好像不太在意，還是真的不在意？秦上將遮擋清源拎起的攝影機，說只可以文字記述，並示意不准提及地點。

「宋記者，眼看手勿動，如果不是國防部的批准，絕對輪不到你的出現。」亦寧在秦

上將背後做鬼臉，上將是瞧不起記者，主觀認為他們是坐在辦公室涼冷氣的人，在戰場上什麼都不是。

「而你，為什麼跟上來？」秦上將氣鼓鼓地問。

天行揮動著手指回答：「查看裝備啊。」

又是一個上將不喜歡的人，只懂科技，整天都閑著，都不知道他過來是要做什麼？一個古老家族的二世祖，若不是國防部下達的顧問，他才不屑一顧。

「只不過是機器的裝嵌，不用勞煩你。」

天行回答：「是的，上將。」

上將以為天行會有反駁或是質問，畢竟這是他親自研發的設備，天行他卻沒有理會中尉的刁難。

一名士兵跑上來敬禮：「報告，核心及裝備安裝完成，但是我們還是啟動不了。」

秦上將：「已經三天了還是不行，給我解決方法。」

士兵回答：「報告上將，我們曾申請研發者的查看。」

天行一路被上將拖在原本的基地內，不給去前線監督，這次天行就是藉著機會到達這個地方。

上將再次問道：「為什麼啟動不了？」

士兵愣住了，不就是因為不知道原因，上將在耍弄眾人嗎？士兵再向天行求救。上將不是這領域的專才，天行確實是負責這裝備的專家，剛剛還逞強，現在就出現問題。臉有難色，額頭上的青筋條條顯現。

天行嘴角上揚：「上將，可以容我查看嗎？」

上將左右為難，面有難色回答了：「查清楚。」

「當然。」他兩指在額頭上揮動。

由於這個營地的中心是不容許亦寧和清源踏足的，她拉著清源在不同的地方蒐集材料，不知不覺在太陽底下碰到那個熟悉的身影。

「天行，你不介意我這樣叫你嗎？」

天行拎著控制平板電腦，偏偏頭讓太陽眼鏡低下一點看著宋亦寧。亦寧不放棄地追上前，完全漠視天行身邊還有一些工作中的士兵。

「你的『天神』保護牆成功偵破敵方……。」

天行才不會上當：「你可以省點氣。」

「可以……？」

「不可以。」

亦寧向天行的背影做了個鬼臉後去找清源。

「喂，你的臉鐵青了。」

清源扭著肚子說：「可能吃錯東西。」

「去解決啊。」

「沒有流動廁所啊。」

「沒有嗎？」亦寧問了其他士兵，他們指這裏不多，剛好被人載去清潔，要等一小時後才有得使用，亦寧向清源伸手示意歡迎來到大自然。清源搖搖頭便開始生產「生化毒氣」，亦寧屢勸多次，這行為只不過是施肥。

清源還在瑟縮扭動拒絕：「我怕有蛇。」

亦寧恍然大悟：「哦，我幫你看守啦。」

清源因為害羞拒絕宋亦寧的「好意」，打死都要回去基地穩固的洗手間。

亦寧放棄了他，吩咐說：「給我望遠鏡。」

清源夾著臀部從背包掏出望遠鏡，亦寧眺望遠處的沙漠風景，一個閃爍的火光向著此處衝過來。

瞭望台的士兵大喊：「突襲！」

一枚導彈飛向基地，是天行的天幕保護牆遮擋了，許多的導彈在此時向著同一個中心點攻擊。

秦上將大吼：「全體準備作戰！」

天行說：「上將，『戰神』模式將會在三十秒內安裝完成，請你下令啟動。」

「我才不要你的玩具。」

「敵方想製造弱點而攻擊同一個區域，『戰神』絕對可以擊傷所有導彈。」

上將完全漠視天行的獻計，這個攻擊模式必須有上將的批准下才可發動，如果天行擅自出動的，就是叛變。

天行再說：「現在只是『女神』守護模式。」

上將繼續漠視天行。

幾下的嘟嘟聲響起，天行向上將示意他不費吹灰之力已經搞定了。

上將不滿：「你的玩具是不比我的士兵厲害，我們是用生命來作戰！」

「女神」模式的抵禦能力啟動了，一道又一道如魚鱗光閃閃的青與藍相間的光輪盡現，支援的無人機在外圍上陣。天行雙手騰空示意：「冒犯『女神』也有後果的，無人機是自我防禦機制。」查理上將的額頭上青筋暴跳。

「宋亦寧，我快不行了。」亦寧拉著不斷放臭屁的清源離開。

「危急關頭你才叫！」亦寧左顧右盼把他塞入山洞解決。

士兵向上將報告：「潛行者爆開了東翼之門！」

上將看到影像顯示潛行者喬裝成己方的人，許多士兵分辨不了遭到慘殺。上將欲衝鋒卻被這個來報告的士兵開一槍之際，上將也不是省油的燈，寶刀未老的他一個側身避開，上將神射回擊打到叛軍歸西。許多敵我難分的士兵闖了進來，天行掐了刻上自己名字的項鍊，幾道重力攻擊壓到士兵瞬間失去意識。

亦寧蹲在山洞前催趕：「清源啊！」她手無寸鐵不知所措地盯著出面的一片狼藉，只好大叫清源再不逃分分鐘就死。清源還未辦完「大事」。

此時的她好奇了：「為什麼這個山洞這麼乾淨？」沒有任何士兵或敵軍要闖進來。

一道火光從遠處飛過來，「啊！」亦寧拉著清源的衣服跑，簡直是屎淋尿瀨。

「救命啊！我要辭職啊！」亦寧好像拉馬匹般拉著清源在角落，是潛行敵軍發射的武器，因為「女神」模式的保護實在太堅韌，由內都是攻不出去，但是大家會因這些亂七八糟的操作而受傷，天行幾下輕易地把敵軍打暈及擊敗，上將你還是不肯啟動「戰神」嗎？

「小心！」亦寧撲向天行，雙雙倒在地上，敵方大量湧入在他們身邊火力全開射殺，亦寧肩膀被傷及，天行護著亦寧在這個槍林彈雨中，他指尖是有晶片連接啟動「戰神」模式，他微微偏頭，凌厲瞪到上將咬牙切齒。玻璃裂開的巨大聲音，防禦牆出現大裂縫，再不下令恐怕這個地方寸草不生！

「啊！」作戰中的上將發出長嘯，終於下令：「啟動『戰神』模式。」

天行嘴角上揚，隨即啟動了他引以為傲的技術，勝利女神回到他們身邊，把敵方一舉殲滅之餘，他的重力攻擊將敵軍一一擊倒，他同時抱著亦寧，另一隻手撿起手槍逐一把敵人潰敗，大家獲得暫時的安寧。

秦上將雖然老貓燒鬚，天行還是個識時務者，他誇獎的是指揮官果斷下令，上將由流冷汗僵硬的表情向天行表達了感謝的眼神。接著他們都在調查還有誰是敵人的針，天行非常冷靜地修補保護區塊，為容後的修補工作馬不停蹄。

天行在一番工作後，終於在月光下的片刻寧靜，再次在他最喜歡的天台歇息，溫柔的指尖頭解開了他的眉頭深鎖，是宋亦寧在逗他。前線始終是危機四伏，身為軍事科技專家的天行，抵抗著敵人的網路入侵。天行總是能扭轉局勢，在一個夜晚，天行躺在天台的長椅上，點點繁星，月光曬到他的臉龐上，他一身的休閑服裝，項上的銀鏈還是閃爍著。他們早上差點沒命，現在大家可以享受這一刻的寧靜。

天行睜開眼睛看到肩膀包紮的亦寧：「你是傻還是蠢？」搭著牛仔外套的亦寧凝望著天行。

亦寧扁扁嘴說：「我只是想幫你，幹嘛好端端罵人。」因拉扯令她的臉有難色，天行掏出在身邊的的急救箱，要為亦寧療傷。

「我已經弄好了。」亦寧因為有更多嚴重的傷患而拒絕了軍醫的治療，雖然她自行包紮了，包紮得有點凌亂，天行咳了兩聲，示意其他看守的士兵背對著他們，要亦寧卸了一邊外套，露出受傷的肩膀。之後他細心翼翼地為亦寧消毒和包紮。

「謝謝。」她如山谷中精靈的微笑融化冷酷的天行，月亮和星星都湊上了，天行知道這不是別的感覺。這一次天行接住了亦寧的手，一下子拉了她入懷親吻。然而，清源這個不識時務的記者助手大叫：「對不起，我什麼也看不到！」

亦寧嚇得推開天行，可就是推不動，他撫摸著亦寧的臉龐說：「你臉紅。」

亦寧捧著自己熱燙的臉頰，天行包裹著亦寧的雙手。

亦寧胡扯：「月光好熱。」

這句引起了天行的嘴角上揚，他想再次親吻的時候，基地發出警報聲，所有人都戒備中，是控制中心出了事，天行立馬要其他士兵帶走亦寧。

清源一邊護著蔚藍色鴨嘴帽，亦拼命拉著亦寧，搞到亦寧差點也似馬匹般跑著，他說：「做記者不是士兵，保住性命要緊！」

天行的指尖貼了精細的搖控，瞬間派出無人機衝去擁有核武發射掣的控制室，秦上將和許多士兵都受傷，看見在控制室反鎖的彼特中尉，大家一路以來都以為他是老實人，為什麼會變成這個凶狠模樣？看來有多年經驗的上將也看漏眼。

天行扶著受了槍傷的秦上將，蹙起一邊眉，鬼魅地嘲諷：「中尉？」

彼特中尉笑說：「我知你們背底裏嘲笑我、笑我無膽匪類。沒關係，最重要的是我可以回家了，射出核武的那一刻，錯的永遠是你們。」

天行說：「危害自己的故土，犧牲親友，都幾『偉大』啊中尉。」

炸雞中尉猶豫一下後繼續執行任務。

「我從來沒有瞧不起你，認為你是可信之人。」炸雞中尉仍然無動於衷。

天行反問：「你為了報復而開戰嗎？」

炸雞中尉齜牙咧嘴說：「我不是。」

嘩，炸雞中尉這個操作不是用作宣戰，難道是用來放煙花嗎？

「是誰害了我們？你們是踏著無辜之人的生命，我們為了生存已經被人逼到邊界，經濟封鎖，甚至連溫飽也談不上，難道當天傷害我們的人不用接受懲罰？我要世人都痛恨你們，少少犧牲算什麼？」

天行問：「你是來自邊緣村莊？」

聽到這個村莊後，中尉抬頭盯著天行。

「對你們而言，只不過是個不起眼的族群，若不是躲在巨石鎮，我豈能回來復仇。」

「每個人、每個族群的生存權利是倚靠別人的目光的嗎？你活得有意義，有必要理會其他人嗎？」

中尉哀號：「我們已經被逼到走投無路了。」

曾經上過國際新聞，兩個國家的相爭，踐踏邊緣村莊，一夜屠村，非常慘烈，倖存者已經散落在不同的角落，是掙扎求存還是隱姓埋名平平安安的度過一生？眼前的卻是一個活生生選擇反擊復仇，不苟且偷生的人。天行說：「你是要秦上將身敗名裂。」

「秦查理就是那個指揮官，那個屠夫！」

「你們當日也是殺害了不少士兵，你還自以為是無辜之人？」上將躺在地上辯駁。

中尉低頭繼續，隔絕外界的聲音。

「我是執行任務！」上將強行起來，捂住傷口頂著反抗。

天行說：「彼得中尉，雖然我感到抱歉。」他把控制室所有指示都被封鎖，門隨即打開，天行戴上耳機，附送極嘈警報。

彼特中尉痛苦地掩著耳朵，他的其中一個抓牙飛撲天行，天行發揮修煉多年的自由搏

擊，攻擊淩厲，一腳踢爆對方的下巴，結果另一隻抓牙又纏上，盲頭蒼蠅衝來直撞纏著天行，害他分身不暇。一個飛快的身影如鯉魚撻到彼特中尉身上，彼特中尉叫苦連天。

「死丫頭！」

是亦寧和彼特中尉電鰻互殺地扭曲，拜託亦寧怎麼可能是個軍人的對手？天行龍捲風暴把爪牙打倒，上前救駕之際，控制室的門被撞到反鎖著！天行不斷在外解鎖但失敗，而秦查理上將在地上垂死掙扎，為天行剷除了爪牙。控制室的門堅固無比，強化玻璃完全防彈。這也是說彼特中尉開槍的話，亦寧逃脫不到！跌倒在地上的亦寧消失在視線範圍，彼特中尉頭破血流，眼球都突出來，抬起手槍對準地面。天行肺部的空氣都被抽乾了，按出牌的順序，下一幕應該是亦寧的血沾滿天。此時，出現的是彼特中尉流著眼淚，向著自己的太陽穴轟了，此刻的門才被解鎖。

「宋亦寧！」天行抱著顫抖失魂的她，但是他們的危機還未解除，天行再次爆發潛能，制止了核彈的發射。亦寧還未回過神來，一雙有力的臂彎橫抱起亦寧，天行輕擦她臉上的血，她默默地挨靠著。天行發覺一股暖流從亦寧身上滲出來。

是不是有幸運之神的眷顧，她因為放在心口暗袋的 Nokia 8520 擋下了一槍致命的，可是她的背部中槍了！天行立即抱著亦寧去急救。

當時天行以為亦寧會就此離開，他陪著昏迷不醒的亦寧，偷偷在她的耳邊說了句：「你醒來，我給你唯一一個專訪。」

想起當時，已經痊癒的亦寧，在月光下微笑說：「接受訪問嗎？紀先生。」

天行輕輕摟了亦寧的腰，亦寧閉上眼睛掂起腳，以為天行會吻下來，他卻開了玩笑說：「不接受訪問。」

亦寧扁扁嘴說：「喂，我聽到的。」

最後，天行第一次接受公開訪問，本性不喜歡曝光的他也有些媒體想打攪他的隱世生活，但是他一點兒也不在乎，可能那個人是宋亦寧吧。在此之前，天行在私底下連任何的頒獎典禮也不願意參加，如果不是亦寧也獲英勇勳章，他可能已經飛回城市。亦寧穿了小黑裙上台，她一度以為不會看到天行，當她見到天行的時候終壓不住微笑了。

當所有儀式完畢後，亦寧心花怒放見到天行還在，說：「我以為你走了。」

天行送上一束藍色繡球花，亦寧雙眼發光的看著問：「給我的？」亦寧很開心的接過。

「平常也很多人送你吧？」

「我沒有收過花！」亦寧衝口而出，後悔地低頭臉紅著，天行偏偏頭看著這個小蘋果。

亦寧好奇問道：「你為什麼沒有上台授勳？」

「反正拿了也是擱在一旁。」天行亮出在蔚藍西裝內裝著的勳章，包裝的盒子早就扔了。

今日也是秦上將榮休之日，他只是說該退下來，在禮堂的一邊向天行和亦寧點點頭，沒有了當日的傲骨，嘗試過著安逸的生活，天行說：「戰亂之下，誰可獨善其身。」

亦寧出神地凝望著天行。

回到城市後，天行一有機會就找亦寧，有時候他疑惑為什麼這個女子一直廢寢忘餐，到底是怎樣生存的？不知道亦寧是不是有點不習慣這個溫柔的天行，是不是會讓亦寧感到害怕？她曾說過：「不要這樣對我。」

天行反問：「為什麼不可以？」

亦寧戲言：「我是個受了詛咒的人。」

天行奉陪到底親吻著她：「那麼詛咒會因為親吻而轉移嗎？」

亦寧害羞地想推開他：「那……，你還敢？」

「你和科學家說不切實際的事。」

時至今日，天行看著這個女子，有時候真的不能理解她，為什麼她總是弄到自己焦頭爛額？逐漸，他研發並給予亦寧不同的科研產品，例如：保護手鐲和重力攻擊耳環，就是想好好保護她。亦寧這個人，說來都是奇葩，在她身上的電子產品不是因為她不小心砸爛就是無原因的失靈，在天行的智能家居系統生活，她總能破壞，看來最強勁的科技也敵不過個人磁場問題。所以亦寧身上總是有兩個電話，一個是智能電話，另一部是亦寧和天行費盡心思維修的 Nokia 8520，對宋亦寧來說，這可是她的保命符了。

天行因為亦寧的出現而時常不自覺地嘴角上揚，在一個市中心的著名地標——雅斯卡塔大樓，是天行家的物業，他只是在這裏霸佔了幾層和專為他的心頭好鐵鳥 No.9 而建造的直升機坪；平常都有著不同的人敲門求智，希望可以找到這位神秘的專家，通常是他的同事或是夥伴應付，也是綽綽有餘，最重要的是他只挑充滿挑戰、自己喜歡的科研工作。不過自從遇上了宋亦寧，他的生活開始有著大改變。穿著蔚藍的休閑服裝的他在看程式計劃今晚餐單時，一個醫院來電推翻了天行的平靜，他聽了之後立馬掉底了工作，連秘書和夥伴都嚇到彈起來，因為他們從來未見過天行如此慌忙失措。

第二章 橫衝直撞

天行撲到醫院緊張地找到出了意外的亦寧，穿上的白色針織毛衣的她，單腳吊在床邊，一隻盤腿坐在急症室的床上，眼神呆滯的她腦震盪了嗎？

天行輕喚著：「亦寧。」

亦寧的瞳孔少許震動，輕輕地捉住天行說：「你為什麼在這裏？」

天行輕撫亦寧的臉，很擔心地回答：「你沒事嗎？」

「我有什麼事？」亦寧好像未曾發現自己其實坐在病床上，眨眨眼睛地看著天行。

一頭清爽短髮、黑漆色多層拉鏈皮革外套型格打扮的女子走過來與天行並肩，她叫林雲希，是亦寧的好朋友，一直以來都是和亦寧發瘋來發瘋去。

「本來在陪她試禮服的，卻看到她好像和燈柱有仇的撞上去，嚇到我差點原地往生。」

醫生拿著報告說亦寧只是皮外傷，可以即日出院，因為天行接棒照顧，雲希索性回去酒吧工作。一位整齊黑西裝打扮，頭髮帶點暗藍，古銅膚色伴著一點粗獷的鬚根的男人，懊惱地看著這個從來不會出現「緊張」二字在臉上的紀天行。身邊的警察都向他敬禮並叫道：「華隊長。」

雲希忍不住回頭凝望著這個人，華隊長只是瞄了她一眼便走到天行身邊，雲希瞇了一下眼睛後便轉身走人。

華隊長問天行：「我第一次看見這樣的你。」

天行目光沒有離開過躺在急症室病床的亦寧，回答：「居然勞動華隊長出場。」

沒錯，不是因為與天行的交情，這種小事他是不會出現。華隊長說：「她連闖三盞紅燈，只是撞到燈柱，沒有波及周邊的人已經可以偷笑。」

「舊車一部。」一定是亦寧的愛駒黃色甲蟲車的錯。

「因為她開的是老爺車？適當處理應該會沒事，不過告票罰款一定少不了。」可惜玩笑起不了讓天行放鬆的作用。

「她應該嚇壞了，我會處理剩餘的事。」華隊長安撫似的拍拍天行。

亦寧低著頭錄口供，只是說她沒有留意是紅燈。回家的路途中，天行沉默寡言地開著

車，亦寧整個車程低著頭沒有作出一粒聲，完美演活做錯事的小孩。回到他們寬敞的家，換了一身乾淨衣服的亦寧連吃飯都提不起勁。

天行說：「今天沒有紅蘿蔔。」

亦寧是很討厭吃紅蘿蔔的，天行強迫她不可揀飲擇食，不過今天放過她了。平時都會把飯餸一次過清光，從不浪費天行一番心血，可是今天的她心不在焉，嚇怕了嗎？晚上亦寧躺在天行懷中，她輕輕地用兩指推開了天行的眉頭。

「別鬧，睡覺。」天行閉著眼睛親吻亦寧的手背。

亦寧雨點的親吻著天行，流連於髮間的指尖慢慢地安撫亦寧，把情動壓下來。亦寧在天行的懷抱裏鑽來鑽去，直至天行正經八本鎖住了亦寧叫她乖乖的，Nokia 8250的鈴聲劃破了他們的寧靜，亦寧撲上去想接聽，當她看到來電顯示後，不小心摔掉手機掛掉了。接著，她非常狼狽地爬入浴室嘔吐著，天行趕緊扶著她，她的額頭滲出許多冷汗。

一大清早亦寧就被天行帶到醫院去見孫星恒醫生。此時，亦寧的電話響起了，她一溜煙跑了出去門外聽，知道攔不住她的天行滲出陣陣寒氣，好像他才是來看病的人。孫醫生掏出抽屜內簡約風格的邀請卡說：「一點也不像你的風格，我還以為是電郵或是……，總之是電子化的。」

「她喜歡就好。」

「好好看顧她吧，以症狀來說，她是精神上受壓，似是焦慮和驚恐症之間才導致的嘔吐。聽你說她是新聞記者，是因為工作關係嗎？可能是早前所遇上的事情烙下了陰影。」

「有我還有陰影？」

孫醫生聽到這位好朋友的話，僵硬地展露出不失禮的露齒笑。

當初天行和亦寧在一起的時候，亦寧總是因為跑新聞而「神龍見首不見尾」，通常都在晚上才回覆訊息，天行冷落了和他一起試車的好朋友華隊長，身啡色休閑打扮的華隊長一邊開動著銀白色的跑車，一邊嘲諷地說：「我們的紀大神談戀愛了？」

天行心不在焉撥弄自己的秀髮。

「見你如此坐立不安，真的很可笑，是誰了？」

天行蹙起一邊眉沒有回答，華隊長揶揄：「是你讓我試新車的，現在晾我在一邊當司機，我的心很痛啊，紀大神。」

天行在生自己的悶氣，車外的風景吸引了他的注意，一個身影跑過，她與平時的打扮截然不同，瀲灩的妝容配上單肩銀色閃爍短裙，腳踏著三寸紅底高跟鞋奔跑著，追兵是幾個黑西裝的碩大保鑣。是宋亦寧！她跑得很快，大概是因身形輕巧，輕而易舉地在人群中左閃右避。保鑣太健碩了，不時撞到路人，甚至有人指責他們不放，亦寧跑到後巷，見甩了一班人以為可以喘息一會兒，誰不知一個保鑣扯著亦寧的頭髮，亦寧牙酸聲響，她向後大力一踩，把高跟鞋踏進了保鑣的皮鞋之上，保鑣被踩到發出高八度音，亦寧三下連踢，一肘撞到保鑣的肋骨，但是她又被另一個保鑣抓住了。

忽地，天行反手扳扣著保鑣，過肩摔打倒一個，後緩的幾個保鑣上前都想幫忙，卻被天行一一打倒，可是有後緩趕上。

此時，華隊長亮出警章和手槍警告：「你們是要拐帶還是非法群毆？」

保鑣們不爽說：「我們的老闆想邀請小姐回去一趟。」

亦寧被天行護在身後說：「不去。」

保鑣要求：「小姐，你給我那錄音筆我便好交差。」

「不交。」

「你惹了不該惹的人，難道你不怕死嗎？」

亦寧向後助跑，盡全力拋出錄音筆到老遠待命的清源，清源接到後大叫：「拜啦！」一支箭開車飛走，保鑣們二話不說地追著走了。

天行冷酷起來是比其他人都冰冷，他二話不說拉著亦寧上車。在路途中，亦寧輕輕拉了坐在副座的天行手袖說：「你為什麼會在這裏出現？」

天行沒有回答，亦寧看到手指擦傷的天行，在口袋掏出紙巾想為他療傷卻被天行拒絕，亦寧扁扁嘴，再掏出一口朱古力給天行，活像逗小朋友，天行沒有接過來，亦寧便自己吃了。

華隊長為了舒緩氣氛說：「你好，我是華楝哲，天行最好的朋友。」

亦寧回答：「華楝哲隊長，久仰大名，我是《太陽郵報》新聞部記者宋亦寧。」

「看來你都知道我是誰，請叫我楝哲。」

天行微偏頭，紀大神生氣了。楝哲咳了幾下繼續開車問：「你為什麼會纏上那班

人？」

「我是搜集證據，在夜店被人捉到我潛入他們的私人地方。」

「嘩，看來宋小姐不是記者，是偵探。你搜集了什麼消息？」

「殊，是獨家新聞啊。」亦寧在嘴唇上豎起食指，是秘密啊，天行怒瞪了楝哲。

亦寧還未看懂人家的眉頭眼額：「楝哲，你可以載我回報社嗎？」

天行冷冷地說：「宋亦寧。」

「是的。」亦寧立刻探頭看著黑眸熠熠的天行。

天行看著前方問：「你還要工作嗎？」

「我只想查看清源有沒有事，拜託。」亦寧再次拽拽天行的手袖，可是明明駕駛的是楝哲。楝哲忍不住瞄了天行，嘩，他好恐怖。

「我只想看一眼，一看完就立即回家。」

他們最後還是到了《太陽郵報》報社大樓，燈火通明，人依然絡繹不絕，記者都不用收工的嗎？一個文質彬彬，栗髮富書卷氣息的男子在亦寧跳下車的一刻就衝去接住她，亦寧尷尬地後退，天行也跟著下車，一手摟著亦寧的腰。

亦寧向天行介紹：「他是柳安然總編輯。」

亦寧再看看天行說：「他是⋯⋯。」

柳安然說：「紀天行先生，當然知道。」

天行自我介紹：「是亦寧喜歡的人。」

亦寧忍俊不禁，哪有人這麼介紹自己？

亦寧問：「總編，清源沒事嗎？他安全把錄音筆帶回來了？」總編點頭。

「我今晚⋯⋯，在家趕稿給你。」

天行的頭上已經冒煙了：「你差點受傷還要工作？！」

「亦寧，你有沒有事？」柳安然想伸手挽著宋亦寧時，天行收緊了手臂，不容許這個人碰自己的女人。

亦寧向柳安然點點頭，說明自己沒有受傷後便隨天行離開。

在車上，天行問亦寧：「你跟他熟嗎？」

亦寧學天行蹙眉回答：「你覺得呢？」

天行沉著氣，亦寧見狀逗起他了：「不熟，他只是同事。」

天行還是沒有理會她，然後亦寧拉拉他的衫袖說：「真的只是同事，沒有別的了。」

這一刻，天行才看了她一看，在隔壁食花生的棟哲最後還是成為了他們兩個的「柴可夫司機」。

回到現在，在孫星恒醫生的面診後，亦寧要天行載她回老家拿一些必需品，她的老家和天行的對比之下，無論是空間還是整齊度都是大相徑庭，木製的古舊茶几，書架上放置的硬皮書籍比他們年長，泛黃的紙質有著陣陣的圖書館氣味，牆紙上的花紋都是巴洛克圖案，別人不知以為自己住進了圖書館。天行第一次來到亦寧的家，被一本由里安納度．狄卡比奧主演的《羅密歐與茱麗葉之後現代激情篇》新版劇本書籍打中額頭，他在想這個女子在這個家還能生存是種僥倖。

亦寧在收拾時也不忘打電話指揮清源，完全聽到電話裏頭的抱怨聲，亦寧在掛完電話後居然還想再撥號，天行抬高電話讓亦寧踮腳站不穩後跌入他的懷中，他們雙雙輕撞了書架，好幾本書掉下來，差點打中他們的腦袋。護著亦寧的天行從上而下看著，亦寧的臉龐越漸通紅，天行撫摸了她凌亂的秀髮，邪氣地笑說：「趕緊收拾。」亦寧有點害羞的推了推天行。

正當亦寧在懊惱要先收拾衣服還是書籍時，天行說一下子把東西扔了，亦寧回答全都是她的寶貝，花了很多心血才可以收集，閱讀實體書才有韻味。

天行瞎掰：「充滿了霉味，還會有蠹蟲。」亦寧不讓天行「幫忙」，他不是一扔就一擲，說變成電子版本好了。亦寧才不要了，這些都是她辛苦挖掘的寶物。

亦寧吐舌，天行掐捏她的臉頰，亦寧瞄到桌子上有一封信，天行說剛才在地下撿的，應該是從門外躡入來。亦寧大概還要弄好一陣子，天行決定躺在唯一有空檔粉藍色的床上用手機工作。未幾傳來陣陣的燶味，天行看見亦寧在開放式廚房的鋅盤內燒東西，亦寧入神地盯著紙，彷彿是要確認一切化成灰燼。

天行好奇看著殘骸問：「燒什麼？」

「我的線人出獄了，他說要重新生活，不想再鋌而走險給我消息。」

天行好奇的看著亦寧：「你居然還有線人？」

亦寧拉了天行轉圈說：「嗯，獄中的材料也是重要的新聞素材，若果可以跟蹤報導，

在世的受害人可以提高警覺，免得被那些人報復。算了，沒有一個，可以尋覓新的。」

天行摸摸她的頭，亦寧滿臉寫上了不安，是那一封信，還是她有事隱瞞，天行覺得既然她不想說，他也不追問。亦寧雙手溫柔扣著天行的脖子，在他灼熱的眼神中亦寧主動地吻上去，天行皺了皺眉頭，擔心受傷的亦寧，但是她拉著天行不讓他走，這麼主動，腳下的步子跌跌撞撞，天行溫柔的指尖滲入亦寧的髮間。

「你不怕樓下的老太婆嗎？」嘴唇的甜蜜釀製出的迷藥叫亦寧喘息，外面的車水馬龍都打擾不到他們。此時，宋亦寧輕咬了天行的唇：「我小聲一點？」

「你可以嗎？」急切的吻下來，撩撥了每個細胞，他是控制著自己，帶著愛惜，喘息纏上了熾熱的吻，緊扣纖纖手指，在脖子，在胸口，泛著胭脂紅，亦寧細長的雙腿扣住了天行的腰部，拉扯下來的外衣徐徐掉在地上。

陽光灑入房子內，這種程度應該是接近黃昏了，西斜的家有點熱，亦寧的指尖猶如跳芭蕾舞般在天行白皙起伏的胸膛跳著，亦寧總說他是從平面廣告走出來的人。天行凝望著亦寧的背部，猶如山茶花形狀的烙印，都是那一次彼得中尉做的「傑作」。天開始陰霾，由毛毛細雨，越趨大雨，他們趕緊把亦寧的東西塞進車子回他們現在的家，看來天行要騰出一大個空間給他眼中的「垃圾」。

入夜的城市狂風雷暴，雨點拍打在落地玻璃上，完全蓋不了亦寧的怒氣沖沖。

天行平靜地回答：「你在休養。」

亦寧的兩部電話和電腦以及記事本都被天行鎖到計時保險箱內，她足足要等四百八十分鐘才可以拿回。

「是八個小時，睡覺。」

「你很煩啊。」亦寧想來個強的，對著保險箱又擒又扯都沒用。

天行嘴角向上揚，啟動展出模擬婚禮場地的佈置，白雲棉抱伴隨著香檳金的點綴，讓人恍如置身現場，吸引了亦寧的注意，天行還抱著她，在晚上除了煙花外，還有無人機表演。亦寧認為太誇張了吧，天行卻覺得很好，當他拿出賓客名單時，亦寧為他心痛說：「你覺得她會來嗎？」

天行盯著座位表反了個白眼說，若不是天行的父親嘮嘮叨叨要留位給紀老夫人——也就是天行的嫲嫲；反正只是一個座位而已，來不來是老夫人的問題。亦寧轉身捧著天行的臉龐：「你不後悔，紀老夫人可是不同意了。」

天行偏偏頭看著亦寧說：「是她娶妻嗎？」

「我們豈不是亂世佳人？我會不會成了老夫人眼中的紅顏禍水？」這一番演技真的有點爛，天行微笑掐亦寧的臉蛋，亦寧說：「放心，若果美如還在生，她一定很喜歡你。」亦寧是直呼她外婆的名字，說是因為她外婆想年輕一點，外婆來外婆去感覺太老了。亦寧拿了賓客名單。

「嘖嘖嘖，紀先生，整個城都是你的朋友。」亦寧的賓客是林雲希、清源和柳安然總編輯而已，這句話令天行蹙緊眉頭，他說過如有朋友在遠方，甚至可以把整個故鄉的人都帶過來，出席他們的婚禮，而亦寧笑說他真的瘋了。

宋亦寧踮起了腳尖說：「有你成為了我的摯親，每天睜開眼睛看到你，今生無憾了。」

其實天行也是，以前在每次起床後都會有種空虛、不安，曾幾何時，他沉迷研究是為了不再入睡，他討厭入睡後的世界，回到了現實世界後是有種不安、空虛……，還有一種銳心的疾病。自從遇上了傻瓜宋亦寧，他快忘掉了這種感覺，是心理陰影？倒不是，是靈魂進入了另一個維度？

第三章　紀大神降臨

當天剛從戰場上回到了約市，天行要回老家大宅過聖誕和元旦，晚上和亦寧視像通訊。他好奇亦寧在家的妝扮，她是否在吃火雞，還是滿嘴朱古力？天行遞起手機等著，最初的畫面是黑的只聽到聲音，看到畫面後亦寧又不小心調校到靜音，後來掛好無線耳機，畫面聲音都搞了一會兒。亦寧終於看到坐在溫暖的爐火旁喝著紅酒的天行，他穿了亞麻色的毛衣，剛洗完的烏黑秀髮伴著他精緻的輪廓，令亦寧閃出心心眼。相反亦寧頭笠著灰色的防雪帽，鼻子和臉頰都凍紅了，好像紅莓的親吻。

天行蹙起了眉頭問道：「你為什麼還在外面？」

「剛跑完一宗兇殺案。」亦寧一口咬著朱古力走向黃色甲蟲老爺車，這是宋亦寧第一部屬於自己的車，她跟天行說過這是她心心念念的，是當年在電視內看《戇豆先生》的那一部，是她努力工作買來的小寶貝。

「天寒地冷的還跑新聞？」

「假日沒人工作啊。」

「清源呢？」

「他回去老家了。」

「你也要回家啊！你晚飯吃了什麼？」亦寧指指郁動的嘴巴。

「宋亦寧。」這是警告的語氣。

亦寧扯開話題：「今次的案件很殘忍啊，死者的頭顱被原地割開，鄰居說是有一個手臂上紋了巨大蜘蛛及『咒』字的人時常出入女事主的家，這麼奇異的人是很容易吸引人的注意，可能有更多的目擊者會因我的報導而提供線索。」天行的陰霾由電話滲出來，成功震懾了亦寧。

亦寧有點慚愧地回答：「我現在去吃。」擺弄好手機和手機架，便開動車子。

在駕駛中的亦寧嘟嘴說：「我剛才跑新聞，怎麼可能有時間吃？」

「你家人不控訴你節日還往外跑？」

亦寧很隨意的說出來：「當然不會啊，他們都不在。」

天行問：「不在？出國了？」

「不算是。照顧我長大的美如，啊，就是我的外婆，在我進大學的時候就逝世了。生母因毒癮欠債跑掉。生父的話，不知道。」亦寧再掉了一塊朱古力進口，聽著她輕描淡寫，彷彿早已成習慣，孤獨和獨立是她相依為命的夥伴。

「你為什麼不說？」

「你沒有問喲。」

「宋亦寧。」兇巴巴的叫人全名。

未幾，亦寧俐落地停泊好車子，背著攝影袋走去一家叫《BLUR》的小吃店，自從她採訪過這家店後，這裏已變成了她的食堂。

「不要那麼兇嗎，現在不就有你陪我說說話。」

天行靜靜地盯著手機畫面，宋亦寧當然有察覺這片寧靜的不安，接下來天行說：「我現在來接你。」

「為什麼？」

「不可以讓你一個人。」

這句話是有溫度的，暖和了亦寧的心，亦寧倔強地強忍著泛在眼珠內的淚水，向手機

內的天行笑著，不好意思要他老遠過來。

「不用了，我一會兒就回家了。」亦寧走進了一家常去的小吃店，肥店主看到每逢大時大節必定會遇見的女子，他已經自動自覺地炮製亦寧最愛的芝士煙肉漢堡包。

當亦寧他們還在對話時，一個黑影突擊了亦寧，要搶她的攝影袋，亦寧的電話飛到角落，天行只看到一片模糊的畫面，而店主用鐵板燒平鏟，還向黑影擲熱燙的芝士，這個黑影尖叫後掏出手槍挾持著亦寧，店主投擲武器已經失敗。天行心急如焚，立即出動搜尋亦寧的位置和尋找支援。

那個男人大叫：「給我相機！」

「不給！」

這個宋亦寧連命也不要了嗎？在拉扯的時候，那個人被飛到角落，他的手臂在電話上閃過，天行看到的是蜘蛛紋身，難道是兇殺案嫌疑犯？天行果斷行動。電話再被擲到沒有了聲音。

天行奪門而出。他在風雪寒冷之夜跟著亦寧的手機定位怒奔，許多民居都被直升機轉葉和引擎聲吵到頂著寒冷也要探頭查看究竟，直至他飛到亦寧身在地，大型投射燈射到下面。只見雪地下的血路，亦寧與那個人糾纏著，天行俯衝到犯人失控向天空開槍。

天行戴著耳機，用追擊槍瞄準了犯人，當然犯人用亦寧作擋箭牌。天行給了一個眼神，亦寧弓起身體一縮，製造空缺，天行遞到機會打中了犯人的肩膀。亦寧與犯人雙雙倒下，亦寧定格地看著在天空盤旋的男人，她喃喃自語地說：「真的有超級英雄。」

那個犯人忽然好像中了喪屍毒扭曲後，一把將亦寧摔開，犯人站了起來如喪屍般抽筋，再向自己嘴巴開槍。之後楝哲來到現場，看見天行隨意把直升機降泊在停車場，抱著了背部流著血的亦寧。

楝哲在醫院遇見亦寧問：「發生什麼事？」亦寧伏在病床上剛包紮好就被楝哲詢問，天行盯著楝哲。

楝哲說：「親愛的紀大神，我也是假日加班了，你也要愛惜我這個好朋友。」

亦寧拽拽天行的袖子，她表示願意回答問題。

「他想搶我的攝影機，我猜我應該拍到了一些證據是他想毀掉的。在僵持之下，我說他如此殘忍地殺害了女事主，女事主的鬼魂一定會以牙還牙。後來天行出現救了我，不知他是不是害怕，就……就朝自己的嘴開槍。」亦寧結結巴巴，不知如何回答，她請楝

哲看在袋子內的相機，棟哲在逐張查看內容。

亦寧示意：「該是這個吧。」照片是看到黑漆漆窗外對光的反射出犯人的紋身，這是可以證明犯人剛才躲在案發現場，就算犯人有任何不在場證據也徒然。

「把記憶卡給我。」

「不行，這可是獨家新聞。」亦寧抱緊了照相機。

「亦寧，這個是重案，你沒得選擇。」

「不行。」

這樣的來回，棟哲只好讓步了：「好，我不拿走，你隔空傳送證據給我。」

亦寧疑惑了，該怎麼做？她平時都是直接給清源，天行一下子搶去攝影機，亦寧總覺得他在變魔術似的便完成了傳送照片給棟哲。

「這樣子，你可以下班啦。」

「還有稿子……。」亦寧不敢再說了，紀大神黑氣全現，一點也惹不起。

在這一夜後，天行再也不讓亦寧一個人孤伶伶地過日子，這一次他直接回到城市和亦寧一起過除夕。

煎煙肉的滋滋聲，芝士溶化在漢堡扒，生雞蛋在鐵板上散開，由透明漸變成晶瑩讓人口水長流的雞蛋，香氣散開了，誘惑了許多飢餓的胃都爬到這間小吃店，戴著髮網，胖胖如香腸的手指，眼睛像毛豆的老闆，看到天行「嘻」的一笑後又收回笑容，把剛煮好的煎蛋芝士漢堡包遞給天行。這是亦寧最愛的小吃店《BLUR》的招牌菜，亦寧在當實習生時便採訪這家可愛的小店，名字的起源也是奇特，老闆本來是想命名為《BLUE》，恰恰是訂錯了一個『R』，順勢推舟成為了正式的名字。她熱熾地推薦給天行，天行也被圈粉成為熟客了。

戴著金框眼鏡，白皙的皮膚配搭淡褐色剪裁流暢的長風衣的天行，拿著外賣卻被一隻鬼魅撞過正著，他扶著了這個人但同時也為在大馬路上「喪命」的漢堡包默哀，他蹙緊眉想扶著這個人，當拎起手機想叫救護車時，這個人扯著天行詢問：「你認識宋亦寧？」

「你是誰？」

這個女人的臉龐枯乾，乾木耳絲的頭髮梳成一個大髻，一身古董灰色大衣，有點甩線也無阻她強行裝成一個老貴婦，她捉住了天行的手說：「我是她的媽媽。」

她媽媽？天行打量她一輪。

她強塞了一張紙條說：「我的電話號碼，先不要告訴她。」接著便很狼狽地跑走。天行偏偏頭，看到如許願紙條的摺法，天行平淡地打開了，是寫了一組電話號碼。天行覺得古怪，所以只是把紙條放在口袋，但這個遇見也在天行心底埋下了種子。

香味濃郁的蕃茄牛尾湯圍繞整個房間，在輕快音樂陪伴下亦寧手起刀落切菜，轉著圈把菜倒進鍋內。放下大風衣的天行從後環抱著亦寧問：「沒有紅蘿蔔的牛尾湯？」

亦寧笑說：「當然。」

天行親吻她的臉頰：「不可以揀飲擇食。」

「不在我的選擇範圍之內，怎麼可能是『揀』和『擇』了。」

天行蹙起一邊眉毛，一邊放下金框菱格的眼鏡，捲起黑毛衣手袖，在開放式廚房的流理臺旁坐下，倒了浸著薄荷葉和檸檬的排毒水，呷了一口之後問：「亦寧，你想不想再見到你的母親？」

亦寧疑惑後眨眨眼睛問：「為什麼突然間問？」

「難道你不想念她嗎？」

「不想。」亦寧決斷地回答後再說：「我一點也不想見到那個女人，美如也不會喜歡。」

「我陪你拜祭美如？」

「拜祭？」

「你見過我的家人，公平些，我也拜會你的家人。」

「哦。」亦寧碎步走去放在門廊的錢包上掏出一張泛黃的相片，相片內的美如完全不像同年紀的人，亦寧應該是留了和她一樣的長髮，束起了花髮相間髮絲的馬尾，精神抖擻的眼睛，手上拿著扳手，穿上匠人鬆身的工作服，身上還掛了許多修理的工具，美如肩膀上是一個沒有兩顆門牙、綁著高低孖辮的女孩，雙雙展露燦爛的笑容。

「我像她吧。」

天行有點敷衍回答：「像。」似像又不太像。

亦寧睥睨天行，她兩隻手指在空中作勢插天行的雙眼。

「哼！像她好啊！」

「她不像是外婆級年紀。」

「對啊，她年輕時上過戰場做修理工認識阿公，在戰後去到巨石鎮居住，不過阿公早逝。她一個人經營修理車廠，一邊照顧我啊。」

亦寧不到一會的時間就把一桌青口意粉及蕃茄牛尾湯擺好。

亦寧很平靜地遞給天行餐具：「開動了。」

才吃了沒幾口，天行問：「她葬在故鄉嗎？」

「嗯。」

亦寧的故鄉是賓尼尼法洲內的一個偏遠城鎮，她是在大學的時候搬到了約市，為了應付學費和生活費，她百足多爪，訓練出堅毅，她的雙手都有著傷痕，不像同齡少女般幼嫩，也不會做美甲，但她的巧手卻把一齊都修理好，把一篇又一篇的文章寫好。天行總想著可以陪亦寧做多點事情，不過話題一旦牽涉到亦寧的家庭，她只是被問一句，答理一句。

「我可以陪你回去。」

亦寧搖搖頭：「巨石鎮是個很鄉下的地方，在洲中心開車都要三小時。」

「我有No.9。」對，差點忘記天行是有架直升機。

「會嚇到麋鹿的，本地人會趕你走的。總之王美如不拘小節，只要心裏有她，不一定要掃墓才算是孝心。所以我有時候會對著照片說說話，等於見了她。」天行偏偏頭看著這個人。

「不要再問了。」

天行亮出手機內的直升機畫面，是要解鎖嗎？

「天行，你很煩啊。」

亦寧氣鼓鼓地把一個剝了殼的青口塞進天行的嘴巴，不讓他繼續講下去。

「青口煮過頭了。」

亦寧向他扮了鬼臉，在這個時候，天行的電話響起，他開啟了擴音模式，一把慵慵懶懶的聲音說話：「哥，我明天可以跟你車嗎？」這種說話的方法、沒力沒氣的聲音是天行的弟弟天恩。

天行不耐煩說：「為什麼？」

「我車匙不見了。」

「老實說話。」

「你明知道的，就不要加重注碼踐踏我。」

「你不作死便不會出事，你把車撞到報廢。」

「哎哦，哥啊，讓我搭個順風車。」

「四點。」

「這麼早？」

「不要來。」天行完全沒有理會天恩的抗議便掛斷電話。

亦寧好奇問天行：「晚飯不是七點嗎？」

「你認為他會準時？他這個懶蟲例行遲到。」

亦寧恍然大悟後便起來收拾他們完成的餐盤，天行偏偏頭從後環抱著亦寧。

「我可是一早請了假。」亦寧把削好的蘋果遞入天行的口中。

「明天和朋友聚會可以帶上我嗎？」

「可以啊，只要你能甩得了晚餐。」

天行把頭埋在亦寧的頸裏不想出來了，天行當然明白亦寧對回他的老宅應該是有芥蒂的。

第四章　初見的懸殊

那是天行二十七歲的生日宴會，也是第一次帶著女伴出席，宋亦寧緊張了很長時間，反而天行在另一邊的衣帽間挑選他的袖口鈕，襯玫瑰金的菱形還是藍寶石星球好？他每次出席這種宴會，也是替家族辦公，為交際動動手腕，總之他下半場就會帶亦寧離開。

天行大宅以渲染顏色為主題，奶白色為底，偶而有灰黑的雲石和植物的點綴，圍繞屋子的是日本庭院的設計，入大門前有棵黑松樹，都是天行悉心灌溉打理的。

猶如身處高級時裝旗艦店的衣帽間內的他，天行精緻的模樣在鏡子上表露無遺，黑色西裝的設計獨特，充分運用線條的美學，層次分明的剪裁，突顯了優美健壯的流暢線條，他不經意地扭動中指上的戒指。在屋子內另一邊梳妝臺上是被人悉心打扮的亦寧，她的頭低著，雙手像女王一樣被人弄著，天行問：「你好了嗎？」

亦寧有點為難地回答：「我也不知道。」

天行請來的化妝師和髮型師忙了好一會兒，女化妝師說：「快好。」

天行隨意的打了個領帶坐在梳化上等著亦寧。直到高跟鞋鏗鏘作響，他嘴角不禁上揚，亦寧有點害羞的看著天行。淡淡的藍色和白蕾絲做底色，以花朵為主題的長裙，彷彿是森林之樹，樹上結出襯托她的美麗花朵，烏黑長髮捲曲著，她像山谷中的精靈，天行看得出神，為什麼有種熟悉的感覺？有個身影重疊了，眼珠晃動一下，他不由自主愣住了。

亦寧被看到害羞地問：「怎麼樣？」

天行選好把星球袖口鈕遞給亦寧，亦寧便幫他戴好，天行低頭親吻亦寧的額頭。

「不錯。」

亦寧看了看這個人，幫他整理領帶說：「已經是你能用的稱讚嗎？」

「嗯。」

亦寧看著天行說：「你認為他們會喜歡我嗎？」

「我喜歡就行，顧他們的。」

亦寧紅著臉，握實了手提包，正當她有點不自在時，天行的細長手指掂起亦寧的下巴問：「我眼光很獨特。」

「是褒還是貶的？」

天行在駕駛No.9的途中，亦寧在空中俯瞰沿途風景，好像已經進入了山谷花園的領空，很整齊，沒有任意的橫生枝節，樹形還剪裁出不同的形狀。亦寧好奇問：「還有多久才到？」

「到了。」

他們降落在花園的空地之中，這裏早已經有一班待命的工作人員，亦寧終於親身一睹紀家大宅，早知悉他們是古老家族。可是從來沒有踏足過這種地方，那時候的訪問都是在天行的辦公室內，真是小巫見大巫，孤陋寡聞，宋亦寧只是在電影裏見過這種排場，是有著希治閣電影《蝴蝶夢》裏曼德雷莊園的風景，她也會如女主角一樣嗎？亦寧踏入大宅後第一進入眼簾的是一個大家庭的銅像，巨大的老太太手牽著一班小孩子，有一個特別像天行邪氣的微笑。

亦寧轉過頭問：「這是你嗎？」

天行不在意，也是見怪不怪。亦寧不是感到興奮，腳趾摳地的力量快直破地核，她呼吸加速，手指不自覺地摸著與天行一樣款式的雙環互扣戒指，天行捉住亦寧的手安撫她，還說見一下就行，亦寧強行露出笑容。以為真的沒事？亦寧由下直升機的一刻開始，有人為他們開門，管家向天行行禮，亦寧不知不覺咬了自己的嘴角，天行壓下笑意的嘴角向亦寧示意挽著他的手臂進場。

亦寧第一次看見堪比國宴的盛大場面，除了出席的人物非富則貴之餘，國會議員也是座上客。巨大的金色水晶吊燈，天花高度不能一覽無遺，許多的奶茶棕色在白色上暈開的大理石柱，每柱頂上都是令人震懾的人像，順沿而上是一系列的故事，天花的彩繪是武神和神女的相遇並緊握了對方的手，他們的身影徘徊在光明與黑暗之間，圍繞著神女身上都是她祈禱寫下的祝福條文，不幸的是有荊棘的腳撩纏著她扯下地獄的火焰，武神則是劍鋒向天，似是抗衡不公，人物的表情栩栩如生。

眼球轉了個一百八十度會看見兩層樓高的環繞圓形，紅窗簾打開，每個侍者都穿著正式紅底黃邊的燕尾服，衣香鬢影都不足以形容這裏的環境，這裏有種杉木的香氣，應該是在空調內飄出。在每個人的身邊總有一個特別的藝術品，有些是視覺錯看的藝術品，在一樓上二樓的樓梯牆壁，那個就如電影《鐵達尼號》的積克邀請露絲出席真正的派對的場面，後面的時鐘複雜到叫亦寧只看得明白時分針。這一切都令亦寧吞嚥了一下口

水，捏得天行的手袖越緊。

棟哲盛裝赴會，拎著酒杯上前與天行他們談話：「主角到。」

天行淡淡回應：「哦。」

亦寧展露笑容和棟哲打招呼：「棟哲。」

「你是誰？」

亦寧眨眨眼不知所措，天行瞪著棟哲，棟哲立刻回應：「開個玩笑而已，你今天很與眾不同。」

天行用拳頭輕輕的打了棟哲的心口，棟哲和天行做了專用的打招呼方式。

棟哲繼續調侃：「妒忌啊？等一下可是個大戰場。」

亦寧的笑容更加僵硬，偏偏頭看著天行。

棟哲問：「你要和叔叔他們打招呼了嗎？」

天行抬頭看著樓梯上的一對夫婦被人包圍著，亦寧猜到他們應該是天行的父母，天行長得像母親，他的母親散發著高貴的典雅氣息，美麗動人。雖然盤起了深棕色的髮絲，可見髮質柔軟細緻，黑長的美人裙突顯了她的優美身材；父親留有鬍子，氣宇軒昂，個子高大，看來天行是遺傳他的高度和濃密的黑髮。

天行拉著亦寧一起前往熱鬧的人群之中，棟哲護航著亦寧，大家都對天行身邊的女子非常好奇，也有冷眼相看，也有妒忌眼神，當然也有些胡說起了天行曾與一些明星、模特兒一起過，不過還是第一次看見他帶女伴出席重要場合，是個什麼人有這個本事捉得住這個天之驕子？嘩，大家都好像在動物園看到了新成員。

紀父朝著上前的天行他們叫：「天行，我們的壽星。」

紀母儀態萬千地走向天行擁抱兒子，還親吻著他的臉頰：「你為什麼這麼晚啊？棟哲，你還是我最喜歡的好朋友。」

棟哲向紀母行了親吻手背的禮儀，也向紀父打了招呼。紀母不期然的看著天行挽著的女子問道：「你難道不介紹一下嗎？」

天行嘴角上揚說：「她是宋亦寧。」

此時有一把聲音叫喊打斷了他：「天行！」也是個美得不像話的女子，吸引著眼球，每一步都有著高貴的氣場，與紀母相似，不一樣的是她擁有紀父的杏仁眼睛，生在她身上卻是有很時尚的感覺。她用力抱著天行，沒有理會其他人的目光，天行還未來得及叫這

個人，這個人看到了亦寧說：「嘩，老姊喜歡她。」

老姊想再說話的時候又被另一把慵懶的聲音打斷：「嘩，我喜歡你。」這個年少輕狂的他膽敢戲弄宋亦寧。

「天恩，沒禮貌。」老姊打了弟弟一下，天恩發出不滿聲音。

亦寧知道自己也需要好好的向天行家人來個正式自我介紹：「紀先生、紀太太、紀小姐和紀先生晚上好，我是宋亦寧。」

紀父徐徐走出圍繞他的人群，向亦寧行了個手背吻禮。這讓亦寧臉都通紅了，天行陰陰嘴笑著，亦寧除了曾經在柯德莉夏萍的《窈窕淑女》看過，如今真實遇上的時候，亦寧本來也是慌亂的，接著，她居然向紀父行了王室之禮，該行這個禮嗎？眼珠滾落在天行身上。

天行，你看戲啊？

但下一個出聲的人卻讓各位都笑不出聲，也是天行的頭痛根源，她威嚴、嚴肅，散發著雍容華貴，雖然上了年紀也有種熟練的力量，很濃密的大曲花髮，手上戴著金銀珠寶，身穿金色閃耀的長裙。

她的嗓子低沉，聲勢凌人說：「我的好孫子。」

天行蹙起了一邊眉，還是要上前親吻她的臉頰：「晚安，嫲嫲。」

「我最愛的孫子，祝你生日快樂。來，我帶你去看我為你預備的禮物。」

「嫲嫲，她是宋亦寧。」

紀老太太眼珠移動掃了亦寧一眼後完全沒有理會其他人，一手拉著天行和紀父走出去。

「你看，西思伉儷來了，西思太太最愛天行的，當然還有我最愛的小寶貝天恩，來來來。」

嫲嫲本來想要天行放開亦寧，可是天行十指緊扣了他的女人，這一下讓老夫人有點不滿了：「我們要向重要客人打聲招呼，請容許我們失陪。」

亦寧向天行表示她沒事，這畢竟是正式場合，而且他是主角，她點點頭懇請天行先去做正經事。棟哲說：「亦寧，過來和我喝點酒吧。」向天行示意安全，暫時讓她喘息，天行才願意放開抓緊亦寧的手。

亦寧和天行的家大相徑庭，之前她當然有做過很多資料搜集，對於這個古老的家族，除了知道他們的祖上是皇室成員和地主，及只有天行和他為聯合國當律師的姐姐紀天愛

的資料之外，其他人的資料少之又少。

紀天愛此時靠近和亦寧說話：「沒關係，不用理會她。」

紀母溫柔的吩咐：「天愛，好好招呼宋小姐。不好意思，我失陪。」徐徐優雅地走去二樓。

天行一直向後看也被紀老夫人用鬼爪掰了頭轉過去。棟哲可憐著這個小精靈和紀天愛說：「我帶亦寧去喝杯酒吧，看來你也要招待剛來的人吧。」

紀天愛深呼吸後，抱抱亦寧：「真的很高興終於認識你了，忙了工作再談。」

工作？他們當作工作？第一次看見天行這麼身不由己，困獸猶鬥。紀老夫人果然地位超然。棟哲領亦寧去了拿杯酒，她舒了一口氣，棟哲忍俊不禁：「你可是去過不同驚險場面的記者，也怕？」

亦寧說：「要時間消化吧。」

「這個家族很低調，可是很強大。強大的是因為那個紀老夫人，總是把兒子、孫子們寵上天，你若要在這個家生活，可要像紀太太才可以。」

「我是和天行在一起，怎麼變成要和他整個家族在一起？」

「愛屋及烏。」

亦寧看了棟哲，他明白的。因為他是和天行同一個世界長大的人，此刻孫星恒也來了，棟哲想跟亦寧一起上前時，她的裙子被人不小心濺到酒。

有個女子很抱歉地向亦寧說，「不好意思，你不如去洗手間洗洗。」

亦寧向棟哲說：「失陪。」

她在走廊走著無意間聽到總理夫婦也要來，就是遲遲未到。這個洗手間蠻隱蔽的，如果不是有人出入的話，她不覺得可以很快找到出來，敞大的地方，好像置身於羅馬廣場，亦寧在其中一個洗手盤放下本來一直握實的手提包，正在處理酒漬，幸好都是白酒容易打理。

「請你稍移玉步說話。」

說話的是一位上了年紀，訓導主任似的黑衣女人，一絲不苟的銀絲髮髻，生在額頭上的丹鳳眼睛，咄咄逼人的命令：「快。」她一手拉走了亦寧。她們穿過一道暗門，走到了一個可以一覽大廳的房間，眾人包括天行融入在派對內。

訓導老師說：「很盛大吧，一般平民一輩子也不會看見。」這個老師擠實了亦寧，不

讓她轉開視線，亦寧僵硬了身軀，她彷彿被鬼魅附身，這人的鬼爪在她的手臂上劃出紅痕。

「你是誰？」

訓導老師糾正：「我是柯德莉，紀老夫人的專屬管家。」

「嫲嫲有事找我？」

「請你尊稱紀老夫人。」柯德莉步步逼近。

「這是雙面鏡，他們是看不到。」柯德莉的手粗暴地推著亦寧，紀老夫人的眼神此時穿透了鏡子攝入人心，亦寧的身體無法動彈，硬要她看著下面的熱鬧，亦寧吞嚥一下。

「老夫人知道大公子向你求了婚，說了不憂心反正都不是家傳之寶，這種貨色的戒指你留著。」大公子是對天行的尊稱。她抓起了亦寧的左手，蔑視著沒有鑽石的爛銅爛鐵，紀家門框她是摳也摳不住，亦寧不滿的甩了柯德莉的手。

「這樣的見面是不適合，我要回去。」

「你這麼愚蠢？說得太直接還是讓我降低教養。」

「那就請柯德莉自重，免得失教養。」

「你這個女子沒教養，你是什麼家庭背景可以高攀紀家，才不過是個孤兒，由一個有毒癮的小學老師、與人私通而生出來的鄉下女子，還陷害別人，不知好歹，你曾經做過什麼，我替老夫人全都查得清清楚楚。你以為真的可以高攀大公子？紀家是皇室公爵，擁有一流的教養，聽說你是由當什麼技術工的外婆帶大，難怪你沒教養。」

受辱已經可恨了，還要踐踏她最尊愛的外婆，查過她背景又如何，她發脾氣反駁：「我外婆光明正大。你呢？不敢在天行面前詆毀我？」

柯德莉一手緊握著亦寧的肩膀，手指甲掐入亦寧的肉，亦寧「嘶」叫了一聲。這麼令人毛骨悚然想怎樣？柯德莉在她耳邊說：「詆毀？我是直述，而且你的等級太低，讓你喝杯酒已經是最大的賞賜。」

「人生來平等，不分貴賤，我們不能選擇誕生的家庭，但我們可以選擇成為什麼樣的人，也不需要你看得起。」

「就是瞧不起你！」背後來了幾個女僕，七手八腳地拉走了亦寧。

柯德莉瞬間伸出老爪牙掩著她的嘴，亦寧無辜地被人拽上車後，再一下子掉在老遠地方。亦寧非常狼狽，差點跌倒。

「喂！」亦寧大叫，看著絕塵而去的車，她氣上心頭講了一堆髒話。

她看著兩手空空的自己，啊！手提包遺留在洗手間！

她的心漏跳幾拍，喘了一大口氣。既然都沒有什麼可以做，她晦氣地掀起裙後掏出一個藏在大腿皮帶外側的Nokia 8250，又啃了一塊朱古力。請問這朱古力藏在哪裏？她抬頭看著，今晚是月圓之夜，未幾她低頭用手背輕擦臉龐，在按了幾下後她想打給天行，可是她有點猶豫，這會打擾他嗎？剛才真的很過分啊，天人交戰，忍不住嘆了一口氣。

「由這裏走到大門要多久？」

「夫人啊，起碼都要走個半小時，我們的腿走不了。」

「哎呀，弄好了嗎？」

有幾句對話在花園的一邊傳來，亦寧跟隨聲音去，只見一架古董的保時捷沒有冒煙，卻乖乖不動，令到下了車的夫婦不知所措，他們倆怔怔地看著司機用微弱的手機燈光去照車頭。

亦寧走上前詢問：「有事嗎？」

那一位老太太回答：「哎喲，我以為有隻精靈呢。」

老先生也附和：「她真的有點像啊。」

亦寧有點尷尬說：「我是人類。」

「哈哈，對的對的。」

「你們沒事吧？」

老先生說：「小姐，我們的車子壞了，司機在修理了。」

亦寧偏偏歪頭，掀起裙子掏出小電筒。咦，宋亦寧你到底收藏了多少東西在身上？她上前看看後便問司機：「你有扳手嗎？」老司機立刻在車後拿給亦寧，來來回回的要了些工具後，亦寧示意司機開動引擎，車活過來了。

老太太很開心說：「哎喲，姑娘，你很厲害。」。

「你是主人家的人還是客人呢？我們剛好要去他們大孫子的生日派對。」老先生說，他再補一句：「要不，我也載你過去？」

亦寧看到原來是那位貴客，可是她要回去嗎？不過亦寧居然搖搖頭婉拒了。

老夫婦和司機感謝她後，老太太送上了一塊手帕。在月光下，亦寧慢慢走去噴水池，任

由水在指隙中流走。風起了，她要等嗎？

一塊葉打中了亦寧的頭上，她張開手接著一塊一又一塊的樹葉，昂首看到，葉子在她的眼裏變成一張張的如願紙，擊中了臉頰和手指，一道道血痕刺痛，她不畏懼，冷靜地看著這漫天的如願紙，喃喃自語地說：「沒關係，最重要是我在你的身邊。」刀片的割開，又痛又癢，她閉上氣，不斷的自我麻醉：「再撐一會兒。」

倏地傳來風馳電掣的瘋狂聲，瞬間驅散了漫天的恐懼，如願紙和傷痕也煙消雲散，這陣引擎聲是來自一輛豪華汽車，車內有位怒氣沖沖的男人，正正是天行，一個飄移完美停在亦寧面前，她的嘴角揚起了，苦中帶一絲甜味。天行甩了車門，一手擁宋亦寧入懷。

「你沒事吧？」

亦寧微笑地搖搖頭說：「我在曬月光。」

天行嚴厲地看著她問：「為什麼不找我？」

「因為我在等你來找我啊。」

天行當然知道是他的好嫲嫲做的好事！顧及亦寧也是捍衛自尊，這樣的逐客令可不是人人都能受得起，亦寧沒有哭哭啼啼已經很厲害了。這個時候，她還這樣胡說八道。

「跟我來。」天行二話不說直接送宋亦寧入副駕，完全沒有讓亦寧拒絕的餘地。不到一會兒已經到達大宅門口，裏面的人在慶祝中，天行牽著亦寧下車，棟哲已經準備看好戲了，剛才天行已經察覺到老妖柯德莉作法，只要在女洗手間的話，棟哲這個男人是沒法子保護，在門口等了好一會兒也不見亦寧出來，他便通知了天行。

紀老夫人聲勢奪人：「天行啊！你去了哪兒？快來見過總理大臣夫婦。」

正正是亦寧剛剛幫助的那對老夫婦。不然他們還在宏大的花園煩惱中，他們很開心拉著亦寧說：「原來天行親自接你啊，剛才如果沒有這位小姐，我們可在花園壞車，想不到她可以輕易而舉地救了我們。」

天行得意地嘴角上揚向總理夫婦介紹：「總理大人、夫人，她叫宋亦寧，我的未婚妻。」

總理夫人看到了在亦寧手中的手帕，早已沾滿了油漬，亦寧有點退縮，可是夫人沒有嫌棄說：「你的心比一切都清澈。」她還好好的再為亦寧擦乾淨。

大家都議論紛紛，紀天愛在一旁吹噓著，說：「老弟，好眼光啊！」這句惹得紀老夫人額頭青筋暴跳。

「大家，晚宴快開始了。」老夫人還想奪回場面。

天行說：「英勇勳章和年度新聞記者得主，宋亦寧小姐。」

總理大臣說：「難怪這麼面熟，天行有這好事，我們為他們舉杯慶祝！」

大家和應了總理後，紀父舉杯宣佈派對開始，紀老夫人怎麼擠也擠不到C位，被許多人推了她出去鏡頭外。紀父眨眼示意。

紀母溫柔地說：「天行，這麼晚還在這兒待著嗎？」

在一輪大戰後，天行是時候和亦寧獨處了，天恩變身成為打碟騎師，大家都嗨起來了，棟哲向天行拋了亦寧的小提包，他們偷偷溜走了。紀家除了老夫人，大家都為天行殿後。

柯德莉抓住了亦寧，天行一把推開了她，一位穿燕尾服的男管家蔑視老妖後也立即關了門，不讓老妖回去。看來平時都是作惡多端，人家看你折墮當然會踩多兩腳。這一下為天行和亦寧來個逃出紀家記。

在月光下黑影處處搖晃，吃著美味的牛扒三文治，再拿出了亦寧挨了幾家才找到的蛋糕，要天行許願時，他說：「我從不許願。」

「為什麼？」

「你跟科學家講鬼神之說。」天行一下子吹熄了蠟燭，亦寧扁扁嘴了，有點逗趣的天行，他心底抱著希望，以為會有驚喜，過了一會兒，市中心大笨鐘的分針和秒針快拼在一起，他開始坐不穩。亦寧忍不住再次逗他。

「紀先生，你不後悔這樣子溜出來嗎？」

「我不做後悔的事。」

唉，不好好說話，亦寧還要在玩那個心思嗎？此刻，她輕輕遞起了天行的手掌，奉上了一個青銅的懷錶，有一抹古老的歷史痕跡，猶是新亮，是有細心的保養過。

天行瞬間明亮起來，打開錶蓋是寫了「My Universe」。

「可能在你眼中，比不上你成千上萬的寶貝，不過這是我的家傳之寶，我親自雕刻了你的名字，施展了魔法，保護你這個科學家一生平安。」

天行擁抱了亦寧，低頭親吻了她，亦寧說了一句：「生日快樂。」鐘聲響起了。

第五章　惱人的晚宴

偶然下雨的天氣，陰霾的天色，總是讓人提不起神，天行在家裏工作了好一會才換上淺灰色的休閑西服，戴了副黑框眼鏡，準備出發之際，天恩穿了黑風褸和縫了徽章的牛仔褲來到，亦如天行所說的遲到兩個小時才到達傲碧灣。

天恩一邊在打遊戲機，一邊在敲大門。天行特意沒開門，天恩有點沒耐性的大叫：「哥，開門。」

外頭聽到啟動車子的引擎聲，天恩大聲求救：「哥，對不起我遲到了，你不要掉下我啊！」

天行才打開門說：「你有時間觀念嗎？」

天恩看看手錶後回答：「啊，才兩個小時。」

「浪費時間。」

天恩擋著大門求饒：「哥，機程只不過十來分鐘，為什麼要我這麼早來到？」

「你自己去。」

「不要，對不起，哥哥。」

天恩乘機摟著天行不放，兩兄弟好像扭麻花一樣。

在回去老宅的路程中，坐在副座的天恩還是沒有放棄打遊戲機的動作，慵懶地問：

「今天真的可以隱瞞嫲嫲嗎？」

「所以我開車。」

對，不然他就會開直升機了，整個花園的人都會知道他們回去了。他們到家的時候，大家包括工作人員都躡手躡腳工作，眾人都不敢大聲呼喚他們。在飯廳內飄出陣陣香氣，在擺好了的餐桌上坐著了紀父、紀母、天愛、天行、天恩。

紀父穿了休閑的深灰色長袖服，很高興的說：「這是我新研發的酥皮羊肉燒海鰻。」他熱愛研發不同配搭的菜式，每次都會要求一家人除了紀老大人一起嘗試，范管家為紀家服務已久，整齊的燕尾服，戴好白手套及長方形黑框眼鏡，梳著日風層次的咖啡色及肩長髮。噢，當日他就是鎖了柯德莉那件老妖在外頭的人，他細心地為紀家分著食物。

紀天愛的紅色指甲在酒杯上閃爍著，她也是剛下班就來到，還是一副正經的淡灰行政

套裝，下半身是大膽的開叉鉛筆裙，踏著黑皮漆尖頭高跟鞋的她死盯著天行這塊冰冷臉，眼神越凌厲，天行還是沒變。

紀天愛率先問：「還是七號？」

「當然。」

「宋亦寧？」

「當然。」

紀天愛安樂地呷了酒說：「我巒喜歡她。」

「我喜歡的當然好。」

天恩傻笑了一下後說：「婚禮當天可以幫你打碟。」

「不用。」噢，天行全壘打走了天恩。

「我打碟的模樣是迷倒萬千眾生，亦寧會愛上我的。」

紀天愛用力打了這個無聊的弟弟。

紀父對著穿了米白色雪紡裙的優雅妻子說：「樂兒，這隻羊和海鰻都是我親自打獵回來。」

樂兒偏偏頭，嘴角笑著說：「都是農場和魚場打撈的，真的很大挑戰。」

「兩個地方都是我打理。」

「哦。」

在上菜碰杯祝禱後開動，紀父最重視的是紀母的意見，樂兒對著紀父溫柔地說：「不錯。」

這一下令紀父心花怒放，當大家以為可以好好開動時，外頭有點騷動，范管家看了智能手錶後說：「先生，老夫人突然回來。」

他們一家不禁嘆息了，隨著老夫人的高跟鞋聲音躂躂躂走到飯廳，隨著老妖柯德莉打開了飯廳的門，深紫色套裝的紀老夫人進了來，把帽子甩給了柯德莉，她由詭異樣子變成愉悅的表情，因為她看見天行和天恩。

「你們回來也不告訴我？」

當然這兩位孫子要親吻嫲嫲，而嫲嫲拍了拍天愛的肩膀說：「這紅色不襯你。」然後再親吻天愛，天愛露出很硬的笑容，嫲嫲最後大大力親吻自己的兒子。

「天色已暗，我們開動吧，今天什麼菜式？」

范管家說：「酥皮羊肉燒海鰻。」

「這麼奇特的配搭，哥頓呢？叫他來問問。」

大家都沉默了，范管家只是平靜地回答：「今晚是先生親自烹飪。」

紀老夫人向紀父投以驚訝的眼神：「你不會做菜。」

「我會。」

「你不會。」

樂兒說：「手藝很好，我喜歡。」

紀父高興到不行，而紀老夫人嘴歪歪的樣子。

「味道奇怪，叫哥頓煮點東西給我。」

紀父問：「你不是去玩撲克嗎？這麼早回來？」

「運氣很遜，不玩了。」

在飯桌上全是嫲嫲一個人在講話，天恩還識趣地回應了。

嫲嫲在喝意大利利口酒時說：「下個月七號再和西思夫人去湖邊玩，你們來嗎？」

明明都知道是天行的大喜日子，天行的冷臉已進入冰封三尺的嚴冬。

「天行，湖邊的屋子掛了好幾幅我新畫的作品，你過來看看。」

天行冷冷的回答：「那天忙。」

「忙什麼？」

天恩插嘴：「嫲嫲，那天哥結婚啊。」

嫲嫲擺明不好對付的回覆說：「又怎樣？我可沒有同意。」

天行看著紀天愛蹙緊眉，老姊當然明白他的心思，老夫人不出席也省卻了麻煩。

老夫人發問：「她是模特兒嗎？」

天行回答：「不是。」

「演員？」

「也不是。」

「是什麼？」

「記者。」

「啊，我以為是又來了一個。」

非要插樂兒一刀，天行的媽媽本來是走時裝天橋和拍過戲的名模特兒，樂兒蹙起一邊眉

毛。

紀父說：「當模特兒和演員完全沒有問題。」

紀老夫說：「兒子，天行這麼年輕，不用著急。」

身邊的樂兒這個冰山美人靜靜地喝著酒。

紀老夫人要范管家為她斟了杯拔蘭地再搖動她的酒說：「你是紀家的長子嫡孫，該明白自己的身份。」

「身份？人類。」

紀父看著兒子，不要鬧了。

「她是從什麼鄉下村鎮過來，我可真沒聽過。」

天行回答：「巨石鎮。」

「人如其名啊，出生都是在鳥不生蛋之地，沒有錢的地方，活得不明不白。」

天行不滿的說：「不能選擇出生，但是她活得光明磊落。」

紀老夫人說：「光明磊落？她怎麼長大的你也不知道。」

天愛說：「弟弟喜歡的，我也喜歡，您不喜歡的也不代表不好。」

「你這個大孫女是怎麼當的？」

「我就是好好的當。」

「聽我講就不會找個爛攤子。」

天愛咬緊牙關才不會破口大罵，免得場面太難看。

紀老夫人繼續追擊：「據說她母親是勾引了一個有婦之夫才未婚懷孕，患上了毒癮後被學校辭退，這樣還會有好教養？以為是灰姑娘的故事嗎？」

天行反駁說：「雖然她的出生不富裕，但有健康的成長，有接受很好的教育，是約市大學傳播系榮譽一級畢業，還得了英勇勳章和年度新聞記者大獎。」

紀老夫人搖搖手說：「行了行了，得了什麼獎也好，也只不過是一介記者，你認為她可以進得了這道門？」

「是我要娶的人，我會拆開所有阻止我的門。」接著天行擦乾淨嘴角說：「我已經享用完畢，晚安了。」

「天行，我不允許。」

「既然嫲嫲行程繁忙，我也不會強求您的出席和祝福。」

老夫人大喊：「不可以！」她想追上天行時，天愛擋住了嫲嫲，天恩幫忙哄著嫲嫲。

此時，樂兒起來說：「夫人，天行喜歡的就行，我也享用完了，晚安。」

嫲嫲狠狠地拍了餐枱以震懾全場，大家都漏了一拍，除了天行依然故我的走出了房間。老夫人還想叫喚他，卻換來紀父的勸說：「媽。」

「我不允許，那時候已經允許你一次，不會有第二次。」

「媽，是天行要娶妻。我從來只愛樂兒一個，我真的只娶了她。所以，晚安。」

然後大家四散，留下了嫲嫲和天恩。

「天！恩！」天恩快哭了。

第六章　故都禁忌

天行不禁捏了捏太陽穴，沁涼的空氣讓他透氣了，以為可以輕輕鬆鬆又一餐，日子為何總是這樣難過？在此刻收到了一個來自警局的電話，說是宋亦寧需要被保釋。她為什麼連跟老朋友敍舊都會惹上麻煩？今天真是荒謬百出，早上的會面已經令天行頭痛了。

在陰天的早上，天行在早餐店喝著熱的濃縮咖啡，戴起了眼鏡工作直到一個身影的打擾，他站了起來為這個枯乾的女人拉開了椅子，這個人也很懂規矩讓天行幫她，雖然她有著一種令人不寒而慄的感覺，她還是把一件古董針織衣服往上披，儘管已是甩線老黃，她依然撐起場面。

天行遞了個菜單給這個女人，她點了全日早餐和英國早餐茶後，天行只是默默地看著。

目光銳利，正視著天行再說：「我是宋海蘭，也就是亦寧的母親。」

宋海蘭在一個小提包裏掏出了一張泛黃的照片，看到了亦寧小時候和另外一些小孩的班照。

「那個男人是不見得光，所以她跟我姓，你知道有多少冷言冷語嗎？那是會吃人的鄉下地方。等學校踢出去，我連吃穿都有問題，還可以帶大一個小孩嗎？」

她在生自己的氣嗎？她閉上眼不滿的緩起了呼吸，繼續說：「當時我以為生下她，那個人就會回來。」她習慣性地在玩弄手指，彷似指間還戴著滿滿的戒指。

她繼續說：「結果當然，一個處處留情的人，一個鄉下地方對他來說，只不過是一間酒店，借宿一宵，何足掛齒。我想過把她扔到河裏，在她沒有認知之前，爽快地離開這塵世，這樣就沒有痛楚、沒有飢餓。」

這句讓天行不悅了，他說：「每個人的降生也有價值。」

「價值？」她盯著空的茶杯，天行沉著氣為這個女人再點了一壺紅茶，這個女人繼續她的說話：「活得不清不白，在一個吃人的鄉村內，終日不得溫飽，還要被人唾棄！沒有人憐憫、溫飽也成問題，還有什麼價值？你體驗過成為過街老鼠的悲哀嗎？」

她掏了紫色碎花手巾抹去眼角的淚水：「沾染毒癮後，身體所受的痛苦折磨著我，我沒辦法再照顧她，只好忍心將她留在巨石鎮。這麼多年我都心心念念，不敢回去找她，直到我在街頭上看到你和她在一起，才鼓起勇氣找你，想求你保護她。」

「保護她？」

「你難道不知道她為什麼不願意回去嗎？當年那宗巨石鎮中學縱火案的犯人快放出來，那個人在十年前揚言亦寧才是主謀，出來之後一定會有所行動。這個人會在下個月七號就放出來，到時候宋亦寧的情況會更危險。」下個月七號果然是個好日子，這麼多事情發生。

天行疑惑地反問：「你為什麼不直接找她？」

「你以為我沒有嗎？她不願意見我！」宋海蘭握實拳頭，她的激動引起了餐廳其他人的注意，她立即壓低自己的聲音。

「誰是你口中的那個人？」

「倪宜。」宋海蘭指著照片上站坐在班主任旁邊的女孩子。

她繼續說：「七個學生當年因被罰留堂一直待到晚上，火勢漫延至整間學校，有個學生逃不出火海而死，被控縱火的倪宜經醫生診斷為人格分裂，直接關在諾蘭精神治療醫

院，我怕她出來會復仇的。近來巨石鎮的警局失火，許多東西都毀於一旦，這證明倪宜是有人在幫她的。」

天行托了眼鏡，滲出不友善的寒氣說：「你以為拿著張舊照片就可以令我相信你的話？相信你是亦寧的母親嗎？」

「你不相信的話去找倪宜，若是她出院後遞到機會誣蔑推翻以前所有的證據，你是不可以推翻任何可能性。」

「既然證物已毀又何以遞到機會？」

宋海蘭瞪大眼睛說：「疑點利益歸於被告，只要一個差池，只要那幾段口供錄像一出，所有安寧都會毀於一旦。」

「真正的罪犯就是罪犯，改變不了。」

「你大可不相信我，我只希望你能夠保護她，我不會奢求她會原諒我，我只是想她安全的活下去，千萬不要再讓她回去那個會吃人的鄉鎮。」

不經意地那個人的話刻在天行的腦海之中，以他的角色來說，他不會隨便就講給亦寧知道，那是她心上的刺，尖銳得會挫傷靈魂的那一種。第一次聽到亦寧輕描淡寫她媽媽為生母，一個拋下她的逃走，這個女子能夠茁壯成長，完全是她靠著自己掙扎爭取的。

可是，倪宜？誰啊？

通常這種要被保釋的工作，都是清源幫忙的，可是今晚是因為亦寧的個人行為而被逮捕，還有清源已經被她推出去跑新聞，無奈只可以求天行。當天行到達警局，警察說宋亦寧剛才和友人在餐廳鬧事，還把飯桌擲爛，需要賠償。天行問警察：「餐廳在哪？」

「棕櫚樹街的龍鳳中菜館。」

「買了再拆掉就不用賠償。」

警察有點懵了，賠償和買下的關係是這樣的嗎？天行要動手指之際，一個被外套包裹著的女人由另外一個梳了低馬尾的女助手拖著並撞到天行。女助手趕緊道歉，看到天行後露出驚訝表情，但也是閃閃縮縮地拉走了手上的「神秘人」。天行偏偏頭，為什麼她會出現在此？

「誰會買那家又舊又難吃的餐館？」說話的是柳安然，單手插在深綠色絲絨西服的口

袋繼續說：「我是來保釋宋亦寧。」

天行說：「她是因私人事，不是公事，我已經辦好，柳總編可以請回。」

柳安然不滿地上前：「她是我的下屬，我親自來接她。」

「我是她的未婚夫，用不著你。」

「未婚夫即是還未結婚。」

天行冷笑了，回擊說：「也容不得你的位置。」

柳安然氣得眼睛時大時細，面紅耳赤。

「看著你們還滿好笑。」說話的是留著短黑髮，挺著大肚子的孕婦，她走著也不耐煩的晃著卡其色的素色裙。這個孕婦再說：「要擔保那幾個吃錯藥的可憐鬼，對嗎？」她眼神凌厲掃視了天行和柳安然，這個女人應該是個狠角色。

在內部推門推出來的是位中年男人，他上前和柳安然說話，說是答謝總編的幫忙，現在要趕快跑另一樁新聞。

「看來柳總編還是有事在忙，我的人由我好好保護。」

柳安然和他的同事被一輪的電話轟炸，他還是逼於無奈地被人拉走。

未幾，三個放學的可憐鬼低著頭走了出來，一身淡藍色長及小腿的長外套的宋亦寧，把外套的頭套套上，不敢抬頭的走到天行面前，天行嘆了口氣後來了個摸頭殺。

孕婦生氣的向大門走去，追逐她的是有小捲短髮的男人，那個人不斷叫：「愛米莉，你等等我。」

後面跟著跑的另一個男人哀求：「喂喂，拜託載我回家。」

宋亦寧拽拽天行的手袖說：「你可以幫忙擔保一個叫櫻田翔的人嗎？他一個人回國，沒有人可以幫忙。」天行偏偏頭，亦寧求救說翔是這團敍舊的朋友，天行蹙起一邊眉毛，還是幫了這個忙。

最後一個留堂的學生是好像有著亞裔血統，黑髮中卻透出深褐色，他的打扮是黑灰橫紋的毛衣外套，黑色的西褲子，他把焦糖色皮革背包單肩背上，然後和天行握手，答謝他向自己伸出緩手。亦寧和翔都靜靜的坐著。

亦寧接了一個電話，電話裏頭的人大驚小叫的要亦寧幫忙，讓娛樂版記者不要把她進警局的照片宣揚出去。亦寧答應一定會好好搞定，那個人才願意掛斷。

翔抱怨地說：「你為什麼總是要幫她？她這麼大的一個人不會做嗎？」

「只是舉手之勞。」

「她有好好的感謝你嗎？」

到達東方海逸酒店時，亦寧和翔碰拳道別後，也向冷酷臉的天行答謝。天行看著亦寧，她快把自己鑽到車底下。回到家後，天行不曾見過那些人，更遑論是嘉賓名單內，亦寧回答：「他們啊，是一種因為時間漸漸越行越遠，不過不會失聯的朋友。我又不知道如何開口要他們來我們的婚禮，所以沒有邀請也不會特意去提起吧。」

「你之前說是中學同學，在巨石鎮的嗎？」

「嗯。」

「現在他們還在那裏居住？」

「沒有了，全都搬走了。衛慕誠、李維都在約市，而莉莉通常周圍飛、翔已經住在日本。」亦寧應該想到對天行來說這些都是陌生的名字。

「我們都各有各忙的很少……再見面了，只是一次吃飯。」

「我是霸道不讓你見老朋友？」

亦寧搖搖頭。

「我是有不滿。」不滿什麼了，天行？

「最近你兩日不到三天不是進醫院就是去警局，還和你沒有講的朋友一起出事，我還會很平靜滿意現狀嗎？」

亦寧也是百口莫辯：「可是我也不想的，我也不想你不滿意。」

天行一邊洗手一邊說：「你的總編剛才也在警局。」

「他來幹什麼？」

「他說要保釋你。」

亦寧投以疑惑的眼神：「我沒有找他啊！你生氣了嗎？」

「他喜歡你。」

「我不喜歡他！」亦寧很大反應，她震驚地搖搖頭。

「我是來保釋你，他居然不自量力想搶你，最後他保釋了你們的一個同事就走了。」

亦寧蹙緊了眉頭，看來她不喜歡這個說法：「總之我們是上下屬關係，平時不會單獨共處，總編他是很照顧下屬的，你都說了他是來保釋我的同事。」

看到天行瞇起了眼睛，亦寧拽了拽天行的手袖，希望他消氣。

「我想去巨石鎮。」

「啊，為什麼？」

「不可以嗎？」

「我要上班啊，回不了。」

「請假。」

「沒有假期，我不想回去啊。」

「我自己去。」天行掏出手機示意啟動直升機。

「你很煩啊。」

天行在深夜時分還是因為好奇而搜巨石鎮，這個地方雖然在賓尼尼法洲的邊界，卻一點也不小，印象中好像美國西部牛仔的地方，野生麋鹿喜好聚居地，也有葡萄園和遊樂園、有一個小型飛機跑道。唯一比較出名的是這裏有一宗中學縱火案吸引了天行的眼球，他按了下去，是一則很久的新聞。

《巨石中學浩劫》做標題，巨石鎮官立中學有一樁縱火案件，當中有一個犧牲者，而肇事者是學校的學生，則被診斷患有精神障礙，最終被拉進了精神病院，網上的資料就此完結了。沒有其他的報導，天行也不以為然。在睡房內的亦寧彷彿躺在火炭之中，渾身冒汗，輾轉反側，淚如雨下，卻不知自己身在何處，撕裂的痛楚，心不由自主的抽痛，她伸手向半空無力抓著，恍如在水的無力感，猶生憐憫，天行趕過來輕撫了汗流浹背的亦寧，指腹拭淚，他低聲細語叫喚，朦朧之間亦寧瞇眼看到了天行，她環扣著天行，傻傻的說：「幸好你沒事了。」

「傻瓜，發惡夢了？」似是微醉的語調，讓她雙眼通紅在他的吻中再次迷失，她主動拉了天行下來，溫熱呼吸由急速變成像喝醉的低啞，亦寧要的救援，天行都一一為她實現，她細長的指甲在他的手臂上畫出了一道道紅痕。到了城市的燈火也熄滅了許多，天空呈現魚肚白，牢牢摟抱著亦寧的他心念著一些問題，他輕輕爬了起來，想拿杯水喝，看到放在桌上的Nokia 8250震動，他快速拿了起來，不然那個女子會彈起身了，無法好好休息，天行看到來電顯示是櫻田翔，因為無間斷的打過來，似乎有重要的事，天行幫忙聽了。

「喂，我的護照是不是在你那邊？」

天行回答：「她睡了。」

有一下錯愕的停頓：「哦，我一早要飛了，你可以幫我找找嗎？」

天行翻了好一會兒就找到了，他好像踩進了禁忌的邊界，到底宋亦寧私藏了什麼玄機？他下達了致電的指令。

電話傳來不情不願的聲音：「嘩，紀大神……，你晨運嗎？」

「你可以幫我找些資料。」

「啊……，你想找什麼？」

「十年前在巨石鎮官立中學縱火案的證供，會否有當年的光碟錄影？」

「巨石鎮？在哪裏的？」

「賓尼尼法洲北部的邊界。」

「聽起來是鄉下地方。」

「所以才要查紙本資料。」

「紙本……，都知道你沒有好東西的了。」棟哲知道這個男子絕對有能力在毫不留下痕跡的情況下入侵機密資料庫。

晨曦冒著露水，天行戴了眼鏡輕裝地出外了，他買了杯咖啡給在街頭上拍攝的翔。

「多謝。」

天行問：「你是專業攝影師？」

翔一邊收好相機，一邊問答：「只是拍一些風景，她還好吧？」

「還在睡。」

翔嘆了口氣，天行把翔的護照還給他。

「謝了。」

「你們發生了什麼事？」

翔點燃了一根香煙再看著天行：「只是一場喝多了的聚會。」

「你和她是同學？」

「是。」

天行研究了這個人。

翔再吸了一口煙後說：「後來我們也離開了家鄉，我已長居日本，這次剛好回來才見面的。」

「你們小時候有發生什麼事嗎？」

翔大口抽起香煙：「嗯，好像是，不過沒有什麼特別。」

天行靜靜地看著翔吞雲吐霧。

「一個鄉下小鎮，芝麻綠豆的小事也會成為大家茶餘飯後的話題，多了一隻麋鹿也會放煙花，但我來到大城市後，才發現全是微不足道的。」翔吖煙的手指指向約市的高樓大廈。

「她也許不像你以前遇過的女朋友，畢竟她是個白癡，不過她是我的好朋友，希望她也可以安然無恙。」翔把煙弄熄了後便道謝離開。

天行同時間也調查櫻田翔這個人，曾經居住在巨石鎮的日本人，職業是個風景攝影師，許多的畫廊也有他的作品。吸引天行眼球的是一項備註——兩年前在中美洲國家巴拿馬涉及一宗黑幫之間的撕殺案，翔的鏡頭攝了黑幫老大的模樣。在一份機密文件中顯示，當時的情況是本來翔已經在槍口之下，警察看到的是雙手搭在頭頂，跪在地上的櫻田翔，左腳是受了槍傷，本來和黑幫對峙之時，黑幫的老大和手下一個又一個向著自己的頭顱開槍。現在的櫻田翔旅居不同國家，下面是列明國家的出入境紀錄，主要以約市和東京為主。

第七章　小火花漫延

幾天後，雲希帶著亦寧到了禮服店，都快到婚期了，亦寧還未試穿訂製的婚紗。

雲希說：「行了沒有？都生蜘蛛網了。」

亦寧在試身室內回答：「差不多了。」

職員一打開簾時，雲希曾笑稱亦寧略施脂粉還會是個禍國殃民的妖姬，以前的她還會防這個女子，認為她是個綠茶婊之類，在慢慢相處中發現她如無意外是個會弄到滿身傷痕的白癡。

一個脫凡的仙靈活現在眼前，自然而淡淡的腮紅，拖著長長的裙尾走上前，雲希感動得一腔熱淚上前拉著了亦寧雙手。

雲希說：「終於養到你出嫁了。」

亦寧不自在地回答：「什麼養到我出嫁了。」

「ElíZabeth Karter 親手設計果然驚為天人，灰姑娘搖身變成皇妃了。」

然而，雲希察覺到亦寧散發出來的不安，說：「怎麼了？天行對你不好？」

「不是。」

「不想嫁？」

亦寧走去坐在梳化上，雲希再說：「不想嫁就把這件婚紗和戒指帶走，然後刪除他的手機號碼。」

「不是，天行很好，是我。」

「你出軌了？畢竟是你第一次拍拖就結婚。」雲希神經緊張地問。

亦寧蹙眉有點生氣回懟：「沒有！」

雲希瞇起眼睛試探的問：「幹嘛了？」

「我配得上他嗎？」

「配得上？嘩，我第一次聽到你這樣說，你大學時把欺負我們的錢太多打到變傻仔，大膽到獨自上戰場採訪，你居然說不配？幹嘛了？怕了巨大的家族？」

「獨自？還有我啊。」原來清源也在，戴著深藍色鴨嘴帽的他正在吃著禮服店提供的蛋白酥，搞到一地都是餅碎。

亦寧和雲希看著這個人，亦寧問：「你已經放下了錄影筆。」

「等著總編，說是順路會載我。」清源又一咬蛋白酥。

亦寧疑問：「順路？」

兩個女人不想再理會清源，他是氣氛破壞者。

「他來自大家族，而你是獨自一人？」

亦寧嘆了口氣。

「別忘了，你還有我，還有在天上的美如。」

「還有我。」沒有人理會清源的插嘴。

雲希挨近悄悄說：「你近來是不是那個生活不美滿了？」

「林雲希，你很煩啊！」。「你是不是發惡夢了？」

「你怎麼知道？」

「拜託，你當年尖叫得整個宿舍都聽到，驚動了校工報警好不好，令到那個錢太多譏諷你做『尖叫女王』啊，而且我還被人踢了一腳和雙眼也青瘀了一個星期。」亦寧想挖個洞子埋了自己。

「那個時候我把握硬的拳頭塞到你的嘴巴才行。」

「哎哦，謝謝你了。」

雲希再問：「那麼他有沒有把最硬的東西塞住你的嘴巴。」

亦寧輕打了雲希，雲希笑著說：「我是問他有沒有用拳頭塞進你的嘴巴，你腦子在裝什麼啊？」

「對啊，你腦子在裝什麼？」清源又來了，亦寧和雲希忍不住要打他一頓，亦寧深呼吸了，不安的情感湧上頭。

「你上次進醫院的時候，是不是有個叫華隊長？」

「棟哲？」

「噢，他叫棟哲，天行的朋友？」

「對，他們好像是小時候玩伴。」

「背景應該還和天行差不多吧？那個身型在那方面應該是不錯，會做伴郎，對嗎？單身的，對嗎？」這句是問題也是自問自答。

「你對棟哲有興趣？」

「是『性』趣。」

亦寧展現尷尬而不失禮的微笑。

清源靠近著亦寧偷聽，亦寧一掌打中了他的額頭，叫清源離開。今晚是亦寧和雲希的閨蜜之夜，本來在亦寧最後的量身試衣後一起看女演員伊莎貝拉的《孤魂山莊》，結果是雲希的酒吧侍應突然有事，雲希必須回去主理。亦寧安慰說：「沒關係，我可以蹭酒喝。」

雲希是一家酒吧的老闆，她本來和亦寧是念傳理系的學生，就在那一件事後，她提著喝了大半瓶的威士忌走進了一家酒吧，一口氣買下了人家的店，還與亦寧一起拆了整個酒吧，重新裝修成為自己理想的模樣。亦寧猜大概是那個時候激發了雲希改變了人生目標。

那時候，在這家咖啡店有種《魔女宅急便》裏琪琪麵包店的裝潢，服務員的打扮也參考了那個具標誌性的紅色蝴蝶結，不過就改為繫在腰部。林雲希剛好嘆完下午茶走出來，她抱著兩條長法包要回家時，看見前面有個熟悉的身影，她身穿牛仔外套，黑色的T恤上有不同的白油污漬，由第一次遇上她就揹著滿佈傷痕的背包，剛好她就在車房下班。小資女雲希穿了她的紅底高跟鞋加快腳步跟上了亦寧。

「喂。」雲希叫了亦寧。

亦寧轉頭看著雲希，這一刻有風吹過，雲希覺得她有點像在城市內迷路又掉進油桶的精靈，亦寧說：「你今天這麼早放工？」

「今日是星期六啊。」

亦寧好像才恍然大悟。

「又去車房打工？」

亦寧做了錢的手勢，是的，做記者本來不多錢，剛出來做實習記者更是拮据，宋亦寧在任何時期都是身兼多職。

「我希望可以租個大房子，起碼不用一起來就被書桌踢爆腳甲。」亦寧牙酸聲發出，她的腳拇指今早真的受傷了。

「還差很多嗎？你可以得我的賞賜啊。」

「不用了，小姐的賞賜，小女子無以為報。現在的房間太舊了，漏水停電，我天天修也沒有用。」

「嗯哼，大一點的房間才有男人上來。」

亦寧反了她白眼，雲希追擊問：「有男人了嗎？還是要當聖女貞德？難道你想那裏生蜘蛛網？」

「林雲希，你很煩啊！」亦寧氣到差點原地爆炸。

雲希眼看耍得這位好閨蜜差不多了，把手上的麵包分給亦寧說：「省錢也要吃飽。」

亦寧由生氣到有點血壓高到回復正常才不到一秒間，很開心的接了過來：「兩個都是給我？」

「一條是吃的，一條是塞的。」

亦寧打了雲希一下：「喂，夠了，我上不到公路。」

雲希摸摸亦寧的頭：「你腦袋想什麼？是你『尖叫』時塞住嘴巴的，不然又有人晚上報警要逼你去精神病院。」

怎麼聽也不對。

亦寧已經不想理會她，雲希問：「還有發惡夢嗎？」亦寧搖搖頭。

「哎呀，明天是星期一，很累啊。」

亦寧對著這位好朋友顯得有點無奈，看她一身紅裙高跟鞋的打扮，送給她的是近來著名網紅店的名物法包，反譏：「你不是剛去了嘆下午茶嗎？」

雲希回懟：「近來跟著那個柳安然，我真的命都少幾年了，不是要上山就下海，沾不上頭版的新聞，我不好好嘆杯茶，如何對得住自己。」

亦寧說：「我們都是實習生，難道你夠膽再次去前日的兇案現場？我總覺得有點不對。」

「你不是偵探、不是警察。」

雲希最後吐了一句，月事探訪，不宜出門，亦寧差點被她氣到吐血。

第八章　與死神擦肩

雲希戴著型英帥氣的太陽眼鏡，腳踏著露趾的米白色時尚高跟鞋，穿了有著特別摺法的米白色連身裙。《太陽郵報》新聞大樓是金融街其中一個屹立不倒的傳媒，高樓大廈的玻璃上反射了藍天白雲，百年歷史，涉獵多個範疇的業務，郵報的其中一個分支是時裝及美妝的國際雜誌，所以有著不同打扮的人回來工作。說實在，新聞大樓的人都以為雲希是時裝或美妝部的專欄作者，誰不知她偏偏來到了新聞部和亦寧一起工作。亦寧已經泡好一杯熱騰騰的咖啡，還奉上一張小餐紙，亦寧知道這位公主的嬌氣，她就是要該死的儀式感，此時的亦寧早已經忙了好一輪，亦寧的馬尾都是搖搖晃晃，對著雲希開心一笑後，再跟雲希展示了不同報紙的頭版。

亦寧質疑：「我閱讀了全部報紙，為什麼沒有人再跟進上星期三號街口地下室的兇殺案？」

雲希悠閑回答：「不是逮捕了嫌疑犯了？」亦寧搖搖頭指警方不到四十八小時就釋放

了那個人，她覺得這宗案子值得繼續追蹤。

穿著白襯衫，單手插袋，拿著熱咖啡，文質彬彬的柳安然走上前說：「我這幾天也有跟著這個嫌疑犯，那個人只是在酒吧流連，並沒有進一步的發展。」

亦寧興奮地覺得英雄所見略同，不過下一句卻得到了柳安然的警告：「不准你擅自追查。」

「為什麼柳前輩就可以？」

「在沒有任何把握之前，我是不會斷言，更何況，我只是在觀察。」

「如果我們『放風』給嫌疑犯，扯說他遺漏了證據在現場，他一定會回去。」

「先考量你的人生安全可以嗎？」他把芝士火腿熱狗送了亦寧，這個女孩只懂得把朱古力當食糧，時常忘記吃正餐。

柳安然揮揮手警告宋亦寧不可以輕舉妄動，隨後把一些資料發給亦寧和雲希她們，給她們的資料都是平常家事。失蹤家貓獲好人尋回；《BLUR》小吃店獲米芝蓮推薦。亦寧不服氣，為什麼不讓她試試？

雲希私下在亦寧的耳邊說：「我總覺得他對你有意思。」

「什麼意思？」

雲希打了個眼色再做了一個手勢令宋亦寧快原地歸西。在最後差點歸西的卻是林雲希，正正是柳安然透露了嫌疑犯會流連酒吧，她決定搏一搏她的「策略」。林雲希真的想把這個好朋友埋到睡房，開個睡衣派對也好，耍廢也好，怎樣也比這麼晚還在工作好。在傍晚的時候，亦寧在雲希的房間內換了好幾次衣服才願意出門口，幸好雲希和亦寧的身型差不多，她們打扮得像是經常浦吧的女孩，雲希笑稱宋亦寧「禾稈冚珍珠」，深藏不露的小妖姬終於出道了。

雲希輕打了亦寧不斷拉扯短裙的手：「宋亦寧小姐，你不要再拉了。」

亦寧很彆扭，藍色的短裙只蓋到大腿上端，她不好意思的反問：「難道你沒付錢買腿以下的布嗎？」

「哎哦，你到底是不是要代入你的角色？待會真的見到嫌疑犯的話，你小心穿幫啊！」

她們進入了這個地方後，DJ 打碟令到全場人士都很興奮，亦寧在腦內牢牢記住了嫌疑犯的容貌和名字，她今天一定要接近那個人，讓那個人墮入她設下的圈套，搶下頭版，還可以幫死者討回公道。那個女人很可憐，據說是嫌疑犯在酒吧內釣餌把她誘拐回受害人的家，遭人折磨而死。每個人都有生存的權利，這個嫌疑犯憑什麼覺得可以隨意剝奪他人生命，視生命是什麼？可惡。

但是林雲希在哪裏呢？宋亦寧左看右看，一個銀色閃爍短裙的身影在舞池中間和一位蠻帥的男人跳舞中。唉，太快了吧。宋亦寧直走的時候撞到不少人，變成扭動的螃蟹打橫走，本來想上前釣亦寧的男人都被這一番的場景叫走了，她好不容易才爬到雲希。

「你幹嘛啦？」

「我在幫你搜索了。」雲希打了眼色，後面正是個美男子撩著她。

「我們是來做正事的。」

雲希已經不太理會亦寧，早早把任務拋諸腦後。忽然一個掃視，亦寧看到那個嫌疑犯在酒吧一旁喝酒，這一下好了，亦寧吩咐雲希要好好的等她回來：「不要喝來歷不明的飲料，也不要跟人走！」

雲希跟著音樂搖擺，亦寧匆匆忙忙地跑下舞池，她跑得生硬，差點扭到，不小心地撲到一個人的懷中，這個人蹙著一邊眉。眼前的這個臉孔深深刻在亦寧心上，是烙了一輩子的印記，發現亦寧的唇印畫在這個人的白色恤衫上，亦寧嚇到一直幫他擦，越擦越大塊：「對不起，我可以拿去洗。」

「不用。」然後他頭也不回的走去了有保鑣鎮守的貴賓室，隨後的另一個忍不住回頭一笑，當門打開後，亦寧隱約看見了一個身影。她的心情簡直是由谷底衝上雲宵，再被人擲到地上。

「宋亦寧，你為什麼在這裏？」是與平時不同打扮的柳安然前輩，搞了個不羈的髮型，這令亦寧來不及反應。糟糕！他肯定知道宋亦寧的企圖，亦寧展露出奇怪的笑容：「柳前輩，我和雲希來玩。」

「宋亦寧，我已經講過不准你插手。」

亦寧看著那個嫌疑犯好像有別的獵物時，她抓緊機會告訴柳安然：「如果他是真正兇手得知有證據還在兇案現場，他一定會回去的。」

「我不聽你的所謂想法。」

亦寧生氣地看著嫌疑犯要出擊了：「他正在搜捕下一個獵物，一旦錯過可能會有下一個受害者！」未等別人的回應，亦寧已經一支箭飛到嫌疑犯身邊，啟動了一個很尷尬的模式。

在出發之前，雲希已經過了兩招給宋亦寧。第一是拋媚眼，宋亦寧拋出來的是像生眼瘡的，眨到令人不太自然，讓人有種以為隱形眼鏡快掉的詭異。

嫌疑犯開始是有嫌棄這個怪人，宋亦寧心知第一招失敗，柳安然在一旁已經快坐不住了，假裝鎮定的作壁上觀。

亦寧慢條斯理地問：「一個人啊？可以請我飲杯嗎？」明明林雲希教導不是這個樣子，很奇怪呢。明明以為派出比卡超應戰，結果鯉魚王跳了出來。

嫌疑犯雖然猶豫了半刻，確實是亦寧的外貌吸引了他，他自動請了亦寧喝馬天尼：「我叫湯姆，什麼名字？」

亦寧笑著說：「傑利。」

「噢，我們的名字很匹配。」

誰是貓誰是老鼠也言之過早，過了好一段時間，話題總切入不了半點關於案件，更何況是，亦寧已經喝到有點暈眩，湯姆伸手摟著亦寧的腰問：「不如請我飲杯咖啡？」有機會了，宋亦寧靈機一動，單刀直入：「我家住三號街口，上星期對面屋有案件，說什麼還有證據遺留，不准我回家。」

雯時間湯姆面露不悅自言自語：「唉，又是那個地方，真倒霉，我只不過是路過。」

亦寧似醉未醉，她循序漸進地問：「你也跟了人去三號街口地下室？」

「啊，聽到那個女人的求救，我才擲破窗戶闖入去。誰不知都救不了人，反而被警察捉了。」她若有所思，擲爛窗戶？三號街的治安是與繁華的街道成對比，那是個地下室單位，陽光總是不太充足，那條街的鐵欄根根分明的保護著，豈能隨便用硬物打破，這一點已經不攻而破。亦寧瞄到了在舞池內的林雲希，這個女子躺在一個男人的手臂，亦寧假裝清醒的一步踩一步，完全打擾了舞池中的節奏，她氣上心頭奪回失去意識的雲希，這個男人不滿地以為亦寧是來搶獵物，他握緊亦寧的手腕。

亦寧警告：「你以為自己是誰？放開我的朋友。」

她反被人掐住了脖子，這個男人不知好歹，亦寧用兩根食指插去這個人的眼睛，成功以小物理攻擊擊退可惡之人。

「你瘋了嗎？」柳安然不容許她胡作非為，他幫忙扶著快倒下的林雲希，亦寧不想放過任何逮捕兇手的機會，那個男人居然回來，亦寧自知招惹一班痞子，一腳剛好踏到這個場的地雷。

那個男人再次掐著亦寧的手，語氣不慌不忙的問：「我是這裏的大爺。你是嫌命長，還是想陪我？」

亦寧倔強的回懟過去：「你下藥還乘人之危，沒有道德的下三濫！」這個男人掐得更厲害，伸手抓亦寧的秀髮，亦寧人醉三分醒。

「醒」在什麼？她以堅硬的頭顱撞了對方的頭，攻擊力簡直是鐵球擲雞蛋；也是唯一從未輸過的奧義，這個男人倒在地上，動也不動。圍觀的人嚇到目定口呆，其他爪牙勢力大多開始糾纏，對於處於劣勢的他們，猶如被毒蛇纏，越動越傷。柳安然奈何被雲希拖著後腿，怎麼辦？一剎那，一個身影闖了進來，亦寧怔怔地在這個人的背後，這個人彷彿是冰冷的城牆，卻滲出讓她安心的的感覺，這個人對著痞子們喊：「走開。」

那個人的同伴上前，亮出了警章：「是誰下迷藥？看來要全面查場。」這番話嚇到看場的主管跑了過來，必恭必敬的對著這兩個人。痞子們離開時推到了亦寧，讓她失平衡再次撞到這個男人的胸膛，那個唇印還在，亦寧抬頭看著他，而他卻眼尾也沒有看她，這像天天在發生，他沒有半點驚訝，亦寧站穩腳後，他便頭也不回的走了。他是不是回去找她了？

柳安然顯然被宋亦寧的一意孤行搞到怒氣沖天，他不願意下錯任何一步棋，他一下子把亦寧和雲希三步一大推進了的士：「宋亦寧，你夠了！今晚已經是個錯誤！你們立馬回去！」

當時，被罵到狗血淋頭的亦寧只好乖乖扶著半昏不醒的雲希上計程車回家。林雲希在這個經歷後，手舞足蹈地說：「那個司機竟然是湯姆，最終我們是怎樣脫險也不清不楚了。」

燈光隨著音樂的節拍改變，雲希的酒吧的客人都是以談天休閑為主，早已不是她以前喜歡令人情緒高漲的地方。現在的她在調酒吧內忙著抹杯。

「我上庭時得知，那個殺人犯把我們載到港口，指得出亦寧不是住在三號街的人，因為他已經埋伏三年了，要脅亦寧講出他遺留的證據。說實話，我可以想像到無論答案是如何，我們必死無疑。」

根據當時的紀錄，湯姆確實有載她們到三號街口，亦寧和湯姆擅自闖入被封鎖的地下單位，而雲希只是安睡在車內，她是被人下了藥？還是真的醉了？她也忘記了。或是結局太恐怖，衝擊著雲希思考自己的人生，成為了今時今日的酒吧老闆娘。

「大家都知道湯姆是頭破血流地爬在地上，並向巡邏警員攻擊，而我……，只看到他被人開槍殺死，那單案件最終成為了亦寧第一宗推上頭版的新聞。」雲希閉上眼睛收拾心情。

坐在她前面的正正是天行，他在細思中，為什麼這些情節這麼相似？

「該不會，她是小妖精？會魔法？」雲希扮演了內心小劇場，再扮演天行的口吻說：「哪有什麼鬼神之說？在紀大神面前班門弄斧。」雲希再為天行斟了杯酒。

「其實我想她不要再當記者。」雲希這一話也是天行希望的，因為這個女人一旦有新聞，就會一溜煙的跑去，就像現在掉低了他們。

「連我這個好閨蜜有時候也不明白，她為什麼這麼熱血去查真相？是為獎？為了名氣？也不是，你看看那些獎盃上面有多少垃圾、朱古力包裝紙。」

雲希突然問了一句：「我一直沒有機會和亦寧泡溫泉。」

天行不明所以。

「我想知道亦寧到底藏了多少東西在身上。紀大神你應該知道吧。」雲希露出古惑的笑容。

天行的沉默令雲希更加好奇：「那個……湯姆的傷是亦寧帶在身上的板手敲的！她在薄薄的洋裝上還可以藏武器，而且她身上總有朱古力。」雲希摸著下巴，陷入了思考之中。

林雲希盯著天行問：「棟哲是會當伴郎的？」

「可能吧。」

「他是單身的嗎？」

「不清楚。」

「你是怎麼當朋友的？他有沒有女朋友？有過多少個女人？你總知道吧！」雲希的連珠炮發，天行微笑答應會預先約好棟哲，才能平息這個女人。

「你為什麼喜歡他？」

雲希會心展露出笑容：「是真命天子。」

她知道棟哲是當天在兇手的計程車上抱她下車的人，讓她遠離恐怖兇案現場的血腥，那個人的味道她至今都牢牢記著，是有種苦杏仁的甜味，封鎖線的藍紅光反影刺痛了她的視線，抱起她的男人輪廓矇矓，她嘗試過追查當天到底是誰的救援？單靠氣味，怎樣找？尋尋覓覓長久，終於因為傻瓜亦寧進醫院那天，神祇讓她重遇了。可惡的宋亦寧不是忙就是受傷。

「以他的高度，應該輕而易舉。」天行沿著林雲希的視線看上了那束乾花，是當年一對新人在店內慶祝，新娘子拋花球時留下的，雲希一直覺得這是她的，她等待真命天子拿下來，都鋪滿了塵，這個真命天子早來臨了，該拿下來了。

一個新聞訊息彈了出來，雲希拿起手機驚訝地對著天行說：「婚紗店著火了！」

第九章　唯美的婚紗

宋亦寧不理會火場凶狠，想闖入婚紗店。這個女人生氣推開清源，卻也被其他人攔住了。那件婚紗是天行費盡心思的禮物，EliZabeth Karter也是個怪脾氣的設計師，得來不易。

「不要，你想死嗎？！」是清源拉著宋亦寧。

亦寧流著眼淚凝視著店舖在熊熊烈焰之中。許多人都在圍觀這家店舖，濃煙燻黑了天空，遮掩了玄色之天，剛才還是完好無缺，還與雲希在這個地方嬉戲，還在欣賞天行的一番心意，為什麼一下子就化為灰燼？消防員努力救火，許多同行記者在努力報導，爭取最佳曝光率。頻繁的鎂光燈閃醒了宋亦寧，她擦拭了臉頰，把所有思緒壓了下來，重拾她的採訪工具之際，她偵查現場有沒有可疑人物，是第六感嗎？直到一個古怪的人影與亦寧的眼神接觸，慌忙而逃，這一下拉斷了她的專業線。亦寧向清源逆：「應該是那個人放火。」

「吓？誰啊？」

亦寧二話不說要清源跟上，她的百米衝刺大大拋離了清源，不見人影。那個古怪的嫌疑犯是穿黑外套，褲上還有些油漆污漬。這個人越叫越走，不是心虛還有別的嗎？亦寧一直叫，可是路人都被這個人形坦克撞開，他們追逐幾條街。約市的街與街之間的距離，就算是晚上，車子也是熙來攘往，是個不夜城。宋亦寧的持久力勁，也不及他。

「別走啊！」宋亦寧扯破喉嚨地叫，人形坦克一直奔跑至河岸邊，坦克嫌疑犯已經沒有力氣，他氣來氣喘，高舉雙手示意投降。他以為亦寧會停下來？哼，天真了。宋亦寧這架輕型坦克起飛腳凌空劏向男人，把一疊現鈔和身份證啪在地上，亦寧和他不理身段地搶，他一手拎起宋亦寧將她往花槽擲，亦寧撻在地上，原來她已搶到，並向天扔現鈔，滿天飛的錢，風把一半吹到河上，水上又一批，怎撿也吃虧。

「我的錢！」

亦寧辛苦地吐出一句：「單眼龍。」她故意再嘶叫這個男人的綽號，單眼龍嚇到心都漏了幾拍。

「你怎麼知道我的？」亦寧指出他身上露出來的不倫不類的紋身，單眼龍在監獄裏得罪了黑幫老大，人家將一隻眼睛又長了兩隻火柴腳的怪龍硬紋在他手臂上。

他再次攻擊誓要幹掉這個麻煩又多事的女人。

「瘋女人，我要殺了你！」

宋亦寧真的不知好歹，整個比武根本不是勢均力敵，是強弱懸殊，繼續倔強地說：「你燒毀了我的婚紗！」

「關我什麼事？」

「這便條是什麼！」單眼龍摸了摸褲袋，宋亦寧把一張電腦字的小便條拿在手上，上面寫了「燒了第九街的婚紗店，餘下是訂金的兩倍」。

單眼龍氣上心頭按宋亦寧在地上，掐到她不能說話，以為宋亦寧真的沒有板斧？纖細的手指不斷攻擊對方的雙眼，單眼龍居然受不了這類物理攻擊，鬆開一點點，亦寧雙腿一縮，堅硬的膝蓋打中了對方的敏感位置，再向上踢中了他的腹部。但是單眼龍死也不放手，他狗嘴裏吐出的話比泥溝水髒。寒風迎臉，迎來的是旋風起飛踢中敵人的巨大身體，亦寧被一對熟悉的雙臂環抱著，懾人的眼神吸引了亦寧的靈魂，她再次被迷到眼睛離不開了，是她的英雄；天行。

天行擔心的說：「你這個傻瓜。」

亦寧的臉通紅了，單眼龍叫苦連天，繼續狂暴他的粗言穢語。此刻的天行已經怒不可遏，他說：「管好你的嘴巴。」他放下亦寧，再使出火箭旋踢完美擊中了，單眼龍翻了白眼失去意識。

藍白紅刺眼的警號燈閃遍了整個地方，封鎖線內是救護人員推著上了手銬的單眼龍，這令本來杳無人煙的河岸角落熱鬧起來，披上外套的亦寧坐在一旁的石壆上，一個身影走了過來，投以溫柔的眼神，輕摸著沮喪的宋亦寧的長髮，她仰望著天行，接著把頭往天行的身體挨靠，她壓著嘴巴，強忍淚水說：「沒有了。」

「嗯。」

「他把我們的禮服都燒光了。」

「我知道。」

「有人指使的，有證據……。」

「嗯。」

天行瞄了警車一眼，說：「無論怎樣，你不應該身陷險境。追犯人不是你的職責。禮服的話，可以再訂製。」

「來不及了。」

「難道沒有婚紗你就不會嫁給我嗎？」

亦寧淚水盈框，在控訴這些突如其來的事。

天行用指尖為她拭淚：「大不了，我也穿牛仔褲好了。」

宋亦寧第一次在他懷中放聲大哭，她隱約地說等了好久……。

天行打完電話後，走去廚房專心用瓷器煲煮香濃的朱古力，慢慢攪拌著的動作也是治療疲憊的心靈，一波三折，大日子越接近，迎來的意外更龐大，他也難免情緒起伏波動，天行認為人生了無生趣，除了科技研究翻起了興趣之外，心底永遠都有個缺口而無法完整。

時光流逝，不知為何總是一個人在空地散步時，有種撕裂的鑽心之痛，他有時候都在想，是否命不久矣，卻換來孫星恒的一句：「你很健康，別浪費我時間。」被人趕了出醫院。

而棟哲在此爭寵指責孫星恒不負責任，他們在求學時期已經互相爭鬥誰是紀大神的摯友。天行偏頭一問：「為什麼是我？」

他們異口同聲：「因為你是紀大神。」

「如果我不幫呢？」天行對他們的活動沒太大的興趣。

他們又異口同聲：「你便什麼也不是。」

也許這兩個人才令他的枯燥生活增添了顏色，也許他這樣才可以撐過那時不時的錐心之痛。

漸漸他習以為常，一步一步踏在草地上，不知不覺地走到懸崖邊。

「大公子，你在這裏做什麼？」是年青的范管家，他下馬向天行點頭行禮，當時他還是個管家小助理了。

其實天行也不知道，只想吹吹風。

范管家回答：「是不見了東西？」

天行指著心臟部位說：「缺一塊。」

「容我說兩句曾聽過的老傳說。」

天行看著其實只不過年長幾歲的范管家，范管家繼續說：「每個人一出生都在尋回失落的拼圖，有些人會在這輩子的旅程上尋到。不過，也有些人是上輩子錯失了的。」

「你是在跟我說鬼神之說嗎？」

「換個角度，在遊戲中錯過了支線任務。」

天行的心也開始隱隱作痛，范管家邀請天行上馬回程。

自從遇上了宋亦寧，這個足以令人生翻起萬丈白頭浪的小傻瓜，他總是會心微笑。不過近來的風波卻是驚濤駭浪，分分鐘都會翻船墮海，並不是味兒。

命運在耍弄他們嗎？天行從來只信科學之事，可是在宋亦寧身上永遠有著說不清的古靈精怪事，尤其是在亦寧和其一班舊朋友聚會、再遇上自稱是亦寧母親的怪女人後。棟哲此時致電了天行，話筒傳來：「天行，你確定要看嗎？」

「嗯。」

「別說我沒有提醒你，我曾經好奇你為什麼會這麼迷戀宋亦寧，雖然她真的有點與眾不同，不過看到了這案件的紀錄我就覺得……，兄弟現在換人還可以。」

「華棟哲。」

「啊？」

「如果她是犯人的話，你絕對不會賣弄關子。」

棟哲「唉」了一聲：「我發你加密的電子郵件了，不過巨石鎮警局近來發生火警，很多證物都被燒毀了。」

「包括這案件的口供室錄影嗎？」

「你也猜到了。」天行猜測到有不軌企圖，宋海蘭所提及的案件犯人倪宜已關在精神病病院，出院日期在即，若果光碟內容屬實是可以讓她永不能推卸責任，也不能上訴。

「有沒有光碟？」

「沒有了。」

「是一早就沒有還是剛毀？」

「那個小鎮的同僚對這件舊的案件不上心，他們的辦公時間自動調整至早上八時半至下午一時，真是休閑。」各處鄉村各處例，同為同袍，棟哲有點抱怨工作時間的不公平。

「所以你的問題是回答不了⋯⋯⋯，而且許多重要的文件都已經化成灰燼，只有少量的法庭會議紀錄。當年的縱火案，宋亦寧確實是案中人物。」

「你不想知道嗎？」

棟哲故作玄虛，換來的是天行的「嗯哼」，是玩弄不了他的。

棟哲繼續賣弄玄虛：「唉，十年前的夜晚，宋亦寧與其他六個學生被懲罰留在巨石鎮官立中學打掃，其中一個學生縱火釀成了整間學校嚴重燒毀，而且有一個叫王佰榮的男同學在案件中喪生，縱火學生事後被診斷出人格分裂，已經被關在諾蘭精神治療病院。」

「倪宜？」

「紀大神，不准胡亂入侵我們的系統啊。」

棟哲知道勸說天行不要亂看機密都是廢話，不然這個人怎麼可以如此厲害的當上國防部的顧問。

「兄弟，你猜她是什麼時候出院？」

「下個月七號。」這個日子真是忙得不可開交，看來所有人都算在這一天，對於天行早早知道了這個日子而不能故弄玄虛的棟哲不忿氣了。

「你知道還這麼冷靜，如果她真的可以出院的話，可能是她已經痊癒。」

天行質疑：「又或許她瞞得了醫生。」

棟哲卻說：「又或是真正的犯罪者另有其人。」在電話的另一頭，棟哲在翻熱晚餐，傳來了「叮」的一聲，他再慢慢吃起了。

「如果倪宜一直假裝而最終順利出院，這樣看來她的後台變硬了，有能力翻案？」棟哲追問。

那隻光碟怎麼會是證明倪宜清白的方法？如果是的話，當年早早就釋放了她。

唯一解讀的是，當年有模糊的論點，疑點利益歸於被告，若果當年有人是要誣蔑倪宜，置她於死地的話，也許這光碟真是能令她「鹹魚翻身」。

「如果她斗膽誣蔑亦寧，我便要她永遠出不了院。」與其折騰一番，不如一早把握勝算。

而且……或許……可以更深入了解宋亦寧以前的生活，揭開那一層「神秘面紗」，天行疑惑為什麼總有人糾纏在亦寧身旁？

棟哲好奇：「我猜你是沒有問過宋亦寧？難道你打算連碰過她母親的事情也瞞著

吧？」

「那個是自稱，沒有證據。」連社會福利的資料在十多年來也沒有更新，活在大數據捕捉不了的地下世界，是個看不到足跡的「鬼」。

楝哲把最後一口意粉吞掉，再說：「連一張那母親的照片也沒有？」

「嗯。」畢竟宋亦寧不想提及黑歷史之中的人物。

「既然如此，難道你不想查個明白嗎？」這小案子撩起了楝哲的好奇之心。

楝哲說：「查案先要從犯人的角度出發，拜會一下那個倪宜，『聞』一下她的動機。」

這操作是會讓人越陷越深，還是撥開雲霧的方法？在於第三身的角度來看，似乎是種不可思議的力量猶如蜘蛛之絲纏繞宋亦寧，是《午夜凶靈》的強大怨靈？不過，這樣古靈精怪的臆測是打入不了天行的心扉。

天行說：「欠你的，謝。」

「欠我的，可多了，親一口。」電話另一邊的楝哲在作妖。

天行嗯哼一聲，不忘說：「亦寧的一個朋友想認識你。」

「紀大神不要我了嗎？」

在另一端的浴室內，亦寧泡在浴缸內，裊裊上升的水蒸氣包圍著她的皮膚，她露出鼻以上的範圍，默默地待在水中。在這敞大的浴室，薰衣草味道的泡泡沒有舒緩神經綳緊，幾下的敲門聲，穿了黑色休閑服的天行拿著熱朱古力進來，坐在白大理石的浴缸邊，要亦寧乖乖喝下，天行看著她的身子，傷口居然在這不足幾天的日子內已經痊癒，疤痕的形狀依然，彷彿那些新的傷害從來沒有出現過，神速的恢復令人嘖嘖稱奇。

「Karter願意趕工，你不要擔心。」亦寧抬頭看著天行，沒有一絲的喜悅，天行掂著亦寧的下巴問：「還是不開心？」

亦寧回答：「不如算了。」

「算了？」

「或許那件婚紗本來是適合一個與你門當戶對的人？」

他們在一起的事，有點不可思議，以他的條件，可以找個更好的人，為什麼是這個平凡的女子？這是她第一次在天行面前變得如此沒有自信，這是徵兆？

這句話觸怒了天行，他眉頭深鎖，抿著嘴的不悅樣子是亦寧第一次看見，亦寧繼續：「也許有一天你會厭倦我，發現我只是個倒霉鬼，纏繞著你的絆腳石。老夫人說得對……。」

天行蹙眉不悅，他掂起了亦寧的下巴，要她與自己對望。

亦寧說：「我是不能選擇出生，自問我已經盡力去融入你的世界，可是太高了，我覺得有點不自量力。」

天行彈了亦寧的額頭問：「你是宋亦寧嗎？命運打你兩下，你就一蹶不振？」她低下頭卻被天行掂起了下巴。

「以後不准再這樣說。」天行掐著亦寧的臉蛋。

她不識相的說：「你是紀大神啊。」

猶如人魚在海裏昂揚看著船上的王子，爬上陸地的小美人嘗試融入人類的世界，最終卻得不償失，化成了晨曦的泡沫，美人魚有沒有後悔？看著愁眉不展的亦寧，天行睇了眼睛沉入水中，消失的聲音，水中的熱吻讓氛圍更熱熾，每根指頭都在她的皮膚烙下痕跡，他咬了衣角，單手脫了上衣，亦寧雙手用力推開結實的胸膛，滿腔亮晶晶的淚水，天行輕吻著鹹鹹的眼淚，強勢的吻，侵略了口腔內的甜蜜。

「你有沒有想我才是要進入你世界的人？」

「你會受傷的，萬劫不復。」亦寧嘗試掙脫天行的擁抱，天行捧著她的臉頰。

「那便一起。」似海浪的漸近漸遠，讓人窒息的愛戀捲簾，若是陷入粉身碎骨，也在所不辭，糾纏在平行線上，剪不斷理還亂。

第十章　麋鹿與童謠

天色陰霾，陽光穿不透的雲層，周圍的樹木林立，路標及指示還是清晰，路過看見有個靜止的摩天輪，間中有一兩隻麋鹿經過，劃破天空的烏鴉沿路伴著這輛車，以為是個低調的旅程，可是灰色的跑車風馳電掣到達了一間古老建築的警局。

他們都是雙黑打扮，這兩個人搶了眾人的眼球。

「開了這麼長時間的車來到這個鳥不生蛋之地。」棟哲抱怨著，一下車就伸展筋骨。天行也緩緩脖子，拿了個皮箱出來，這個地方沒有停機坪，聯絡人也不准他開Ｎｏ.９，說會打擾這裏的寧靜及影響生態。只好勞累了棟哲做車手，沿路可是野馬狂飆。

甫進來，因為亮了警章，一位後梳油頭的警察上前為他們帶路，打開了局長的門，這裏有位中年警察，有點像尼古拉斯基治的打扮，希望他不要瞪大眼睛亂狂的笑，他拿了兩瓶紙杯裝的咖啡給到訪者並自我介紹：「我是巨石鎮警局局長段智陽，華隊長及紀顧問大駕光臨，有失遠迎。」

楝哲和天行分別向他握手，楝哲提問了：「局長，多謝你的接待，我們都是盡能力幫忙修復工作。」

局長嘆了口氣：「我也好奇為什麼總部會這麼在意小分局的意外失火，毀掉的都是十年以上的舊證物，對已過了時限的案件也是不足掛齒。」

楝哲回答：「局長，總部是有責任為分局打理及修復有需要的證物。雖然過了時限，還是很有力的。」

局長好奇地問：「請問是哪件案子？」

楝哲也醒目地回答：「這是機密。」以楝哲的職級，他動動手指也絕對可以打贏了面前的小小局長，而且隔離的國防部顧問看起來也是個大人物，這個小局長看來也有自知之名，可能也在衡量，十年前的案就算是有不明不白，也算不到自己的頭上，為自己搭了個下台階：「好吧，你們可以去另一個資料檔案室，我們把一些救回來的證物都放在那一邊，不過你們提及的案件證物已經所剩無幾。」

局長說畢便帶他們去了一個敞大的工作室，東一塊西一塊的證物，以紙牌分類為「安全」、「待修復」、「丟棄」，天行打開皮箱子，掏出眼鏡、口罩和手套，和楝哲裝備好後便仔細的看了證物。

「我去看『安全』的，剩下的都是紀大神的。」棟哲調侃著，他看的都是寥寥無幾。

天行當然是最上心的人，亂糟糟的證物，他花了好一會時間才找到了《巨石鎮官立中學縱火案》的缺塊，有一些是之前沒有看過，有幾張現場環境的照片，裏面是六個小孩經歷了大戰而僥幸生存，負著傷呆滯的樣子，角落有一個失控、張牙舞爪的鬼影，不是指恐怖片，是以前的菲林照片曝光，唯一有明顯的手指上的明貴寶石和鑽石，當他們繼續工作之時，有一位花髮的老警察經過，天行留意到他心口的名牌寫上馬里歐，豈不是那個人？他瞄了這兩個人說：「何必呢？過去就由它了。」

天行放下手頭的工作，問：「似乎閣下了解很多事情，我可以詢問一下嗎？」

老警察說：「我快退休了，不想惹事。」

「馬里歐警官，我是國防部科技軍事顧問紀天行，希望閣下可以幫忙。」

馬里歐警官瞄了天行和棟哲一眼，說：「一個大城市來的人，對你手上的案件如此著緊，你是認識那班小孩？」

天行點點頭。

「唉，查來做什麼？」

天行很認真的回答：「我要保護好我的人。」

馬里歐長官冷笑了說：「保護？你要保護的不是犯人，是那五個倖存的小孩？」

「你是當年有份負責的調查官，可以告訴我那件案子嗎？」

「我要說的全都寫好了，如果在那邊沒有，我也只能說是太久了，老了，忘記了。」

「倪宜快出院了。」這句話引起了老警察的回頭。

他質疑詢問：「沒有這麼早。」

「下個月七號。」

馬里歐警官的眉頭快夾死蒼蠅，他搔癢嘆氣，左右踱步後上前向天行說：「又如何？」

天行試探地問：「不是有份錄像光碟可以幫助倪宜逆轉，找出當年真正的縱火犯人？」

馬里歐警官的老花眼睛瞇了起來，覺得這個人挺有意思的，他說：「若有了那份證據就可以逆轉，為什麼逆轉不了當時的裁判？」

天行露出了「果然」的表情，他千里迢迢來這個地方，為的就是要看宋海蘭的葫蘆是賣什麼藥？

馬里歐警官搖搖頭：「過了追查時限了，就算翻案也不會拉判別的人入獄。」

天行問道：「馬里歐警官，你知道什麼？」

馬里歐警官閉上眼睛問：「目的是什麼？幫助倪宜，還是另外五個小孩？」

這下引起了兩個人的目光。

「我是為了無辜的人。」

馬里歐警官長嘆了一口氣，說：「有小孩指真正的縱火者，是宋亦寧。」

馬里歐警官自嘲：「我太迷信了，一切都是鬼傳說，我只是個小警員，安安份份的生活，只求退休前平平安安。」他不願意再說下去，趕緊離開這個房間，天行把完好和破爛的證據全掏出來，最後的文件是那些小孩的受傷報告。證據所指傷者包括櫻田翔，左腿中一槍；李維，左腹部中一槍；衛慕誠；左手掌中一槍；艾莉莉，左手臂中一槍；宋亦寧，左背中一槍，所有人並沒有燒傷跡象。

亦寧背部的傷痕，為何與當年一模一樣？

既然來了，他們把握最短的時間調查這個鎮，天行要是在深夜前回到約市，絕對不可以讓宋亦寧知道他私下來了這個地方。十年，物是人非，最起碼要找到人來問，天行和棟哲來到了巨石鎮官立中學，已經是荒廢了，大鐵鏈圍繞著大門，風吹到稻草滾動。不入虎穴，焉得虎子，他們本想攀爬上去的時候，一位盲眼、繫上了早已褪淡的紅色麻布圍巾、包裹著花髮的老人家叫停了他們。

「我是盲的，你們不是。」老婆婆的導盲杖打了棟哲和天行的屁股。

「對不起。」兩個男子異口同聲。

老婆婆說：「回去吧，這個地方不是你們該來的。」

天行追問：「我叫紀天行，可以詢問夫人一事嗎？」

「不要再問了，她不講不是心中有愧，而是講了你會死，她也會死，懂嗎？」天行不明所以。

老婆婆：「讓詛咒永遠封存。」

「我只是想知道真相，然後好好保護她，難道有錯嗎？」天行不服氣，衝撞了長輩，這裏的人都是不能好好說話的嗎？

老婆婆回答：「她不值得信任了？」天行無言以對，他是失去了信心？

老婆婆示意要他們跟上，來到了在學校附近的木屋，老婆婆推開了欄柵，有隻拉布拉多搖尾迎賓，一股幽香竄入了他們的鼻子，是種令人舒適的香氣，讓人安心的味道，是美麗的幽藍色，為這個陰暗的小鎮添上了特別的氣息。老婆婆向他們展示在這顆花樹下的木牌子，寫著《最深愛的孫子，王佰榮》。

老婆婆說：「這顆樹已經一百年了，每天都是他在保佑我的。」

棟哲記起了：「這個名字，不就是那件案的死者。」

「對啊，他也成為了這樹的過客。」

天行問：「你是他的家人？」

「他已經走了十多年了，我沒有一天是不想他，但也知道他是該走的。」老婆婆摸了摸叫小榮的拉布拉多狗。

天行追問：「倪宜快出院了，我來是想掌握她的罪證，不讓她去污衊那些倖存者。」

「我以為有生之年都不會再見那個人，時間過得這麼快？看來那個小孩也會回來吧。」

天行追問：「哪個小孩？」

在這個小鎮打個噴嚏也會成為頭條，一進一出，所有人都會知道，本來是個平淡樸素的地方，生活挺寫意。當年掌權的鎮長一家可算是叱吒風雲，倪宜就是來自鎮長一家的千金，平常人也是對他們必恭必敬。

整齊打扮，指間夾著雪茄，笑容可掬，每天都會和鎮上的人打招呼。

「早安，又是一個美麗的清晨，祝願你有個充實的一天。」

「鎮長早。」是剛從山上巡邏回來的警官，一輪農夫車開了進來，下車的正正是穿工匠服，梳了馬尾的型格女人，她去雜貨店添置日用品。

鎮長盯住了這個人，吸了一口雪茄，撐了一下高腰褲後便跟上去。推開門，看到的正是王美如在採購，他大聲的打了聲招呼卻換來冷冷的回應。

「近來都不見海蘭了，她大概又跑出鎮外？為何不通知聲再離開？我們這裏是有規矩的。」

王美如頭也沒有抬起，繼續看罐頭食品，鎮長清清喉嚨以為王美如沒有聽見，再重複一遍他說過的話，美如回答：「我從來都不知道出入是要辦理手續。」

「我們是團體生活，你知道海蘭的事，她走了出去惹人詬病，跟我說一句，起碼有人來問的時候，我也知道，懂得回應。」

王美如站了起來，手上帶著一罐玉米，不屑的瞄了：「原來鎮長是怕沒臉子？不可以向人家交代呢？據我所知，你是鎮長，權力還未大到可以管制出入的自由。」

鎮長有點被氣到反駁說：「宋海蘭的事眾所周知，影響了風氣，不好好管著會打擾到別人。」

王美如拿著購物籃去拿了一個小棉衣，看到沒有回應，鎮長也跟上去：「宋海蘭是不要那個小孩，你總不能一直替她照顧啊。」

「她是我的孫女，為什麼我不可以照顧？」王美如自顧自地走去了收銀台，鎮長不滿美如的無禮，其實她從來都沒有靠邊站，說實在她比鎮長還要早居住在此，她是做實事，車房口碑好，見義勇為，在二戰時期貢獻良多，很多退伍軍人或是曾經受過她和她的丈夫恩惠的人，也是真心對她，民望比鎮長更高，她沒有競選任何鎮內的職位，不然鎮長之位豈能是這個老油頭獲得，美如也難免成為他的威脅。而宋海蘭和亦寧母女正好成為了拖累美如的後腳，鎮長是如此喜歡吃著這個茶餘飯後的花生。藉著這個之名，他打著正義不助長歪風的旗幟，要美如聽話，要下她馬威。

「亦寧還小而你年紀也大了，不如送去鎮外的孤兒院，說不定會找到好人家。」聽完刺耳的話語，王美如瞪起了鎮長，強大氣勢，絕不妥協。

「鎮長，如果沒有別的話，請你讓路。」

鎮長也不給點面子了，直接回懟：「那個小孩是宋海蘭和身份不詳的男人所生的，預期讓人嚼舌頭，無論是鎮內和外來的人也不想和她一起成長生活，你是要挖個洞子埋了她嗎？」

王美如兇巴巴地說：「管好你自己，我今天要處理的回收的雪佛蘭，不知到底是誰打爛的？」

「哈……，真是的，警察還在查呢。」

「我拭目以待看查出的真相，不知道下次會不會是巴士呢？」

她頭也不回的奪門而出，鎮長氣得跺腳扔雪茄。

在中央的鎮長大屋陽台上，有位優雅的女士，喝著熱茶，眼尾瞄著那架農夫車離開她的視線，再看看她的丈夫，對著樓下打掃的婦人說：「地毯有灰塵，再擦。」

「夫人，我已經擦了一個小時。」

鎮長夫人睥睨：「你足足浪費了一個小時。」

打掃婦人只可以夾著尾巴回去清理，鎮長夫人去了房間抱起小孩子，聞到了不好的味道後，呼喊婦人上來處理，便拎手提包和手套，坐上她專屬開篷跑車一溜煙的走了。

在這個車房內，那部已經毀到稀巴爛的雪佛蘭，王美如全副武裝，準備好所有工具，把車子吊起來，開始拆除一件又一件的零件。美如不小心踩中了小亦寧，原來她想幫忙拿工具。

「亦寧，這裏很危險，你回去屋子。」

小手拿著小板手，熱心幫忙，王美如摸摸小亦寧，開始教導她，百忙中聽到引擎聲，風塵撲撲，上來挑釁著王美如，看來是那個殺車兇手，小亦寧呆呆的聽到吱吱喳喳。那個人看見了小亦寧，王美如擋在面前。那個人說：「老頭不轟她出去算她好運。」一個大跨步騎上了摩托車疾風而去。

王美如蔑視這個人，說：「長成這樣子，本性差劣。」

小亦寧肚子叫了出來問：「餓了？」

小亦寧點點頭。

「吃花生醬煉乳吐司，好不好？」小亦寧又點點頭。

王美如蹲下來向她說：「說『要，謝謝。』別人才知道你想要的事，我再問你一遍，吃花生醬煉乳吐司好不好？」

小亦寧展露沒有了兩顆門牙的笑容回答：「要，謝謝。」

一早一晚日子車輪轉，在一個下午，一隻麋鹿活活地因失控的校巴而撞到稀巴爛，把這裏的神獸視若無物，得罪神明，換來災害，完美觸發了全鎮的怒火，這裏的動物數量雖然比人類多，全員聚集起來，也會是人山人海，群情洶湧，包括住在邊界湖泊處的人也跑了過來，要求鎮長把犯人判罪，各種聲援，甚至外來的記者也過來採訪，這讓鎮長一家惶惶不可終日。大家逮捕到那個犯人，而這個人一點也不害怕，嘴巴硬得很，吐了一句：

「只不過是一架車，一隻該死的畜牲就判我罪，置我於死地？法庭還有什麼用處？！」

「你別恃著有人為你撐腰就為非作歹！」人們起哄要將他繩之於法，怒氣沖天地亂揍著他。被人壓按在地上，無力反抗，這個犯人不知道從哪裏得知那首禁忌童謠，居然開始哼唱起來，有些年青一輩不知情，可是資歷夠深的鎮民全捏了一把冷汗，有人掩實耳朵，童謠卻沒有一點威力。

「你是一定有罪的！」

因為這裏真正掌權的是鎮長，說實在這個鎮長手裏掌握著不少人的痛腳，可是這人出了一招，徹底把所有王牌打走了！

鎮長瞅著太太，她氣勢依然，不慌不忙，向鎮長點了一下頭。王美如銳利的目光收納這一切的舉動，看來這個女人要發功了。

鎮長一聲號令：「驅逐令，此生不得踏進巨石鎮。」

頓時鴉雀無聲，驅逐令？倒不如下個死刑？巨石鎮最大的侮辱是獲「賜」這個懲罰。是把身無分文的人、背負了罪名，終身不得回鄉。

上祖獲得這懲罰的人，歷史上的那個屍骨無全，靈魂永遠被封於五尺之下，更成為了童謠內的奸角，永不超生。

那個人吼叫：「死老頭，不是我！你憑什麼趕我走！」

那個人在此時斷斷續續的唱出一首童謠，鎮民嚇到面青，掩住自己的耳朵，在一片混亂和狼藉下，王美如抱著小亦寧離開這場爭鬥。未幾，那個人正式驅逐出外，據說去了老遠的邊緣村莊，所有人認定平靜安寧再次回到了這個巨石鎮，也許這就是大家以為的正義，也許這就是掩耳盜鈴，也許只是大家不想正視的迂腐。

此時此刻，年邁的盲眼老婆婆向空中摸索著，抓到了一少束的藍色花朵後繼續：「那是個古老的詛咒。」

天行不耐煩的嘆了口氣。

「或許你不相信，這是巨石鎮的古老詛咒，一直找新的生命去蠶食，讓其一直繼承，直到不講不聽，就可以好好的老去，死去。你就不要擔心倪宜，好嗎？由得她，因為那些小孩講了，也沒有人可以聽得到。」

這個老婆婆最後向天行送花。

「它可以保你平安。」

棟哲和天行最後離開這個地方，一出門口，那朵花在他們踏出鎮時散落、枯萎。他們找不到當年的錄像，只聽到了一些古怪的傳說，他該相信了嗎？每次的遭遇都是難以解釋。不，太故弄玄虛了。

第十一章 無妄之災

這家在約市小巷中的花店，走小樹林風格，有許多不同顏色的花朵和綠葉點綴，小木牌上寫了《花．舍》，天行一早到達這家花店，幫忙推入一盆日本白乒乓菊花，他的顏值吸引許多客人注意，連師奶太太也失守姨母笑。

墨綠色齊耳短髮穿了亞麻色圍裙的女子吩咐：「把門前兩盆劍蘭花搬回來。」

天行蹙起一邊眉，還是默默地走出去店外工作。

「哎喲，蕾拉，你的男朋友？」一位太太甜絲絲地問。

蕾拉專心修剪花朵，頭也不抬地回答：「是表哥，若不是有求於我，會肯乖乖聽我差遣？」

「求你什麼？」

原因正是冷凍在玻璃櫃內的東西，天行在後台忙碌完後還要幫忙關店，門都還未來得切鎖上。此時的門鈴又響起，蕾拉抬頭本想打發客人，這個身影令她失神了。噢，這位客人早了一天來到，蕾拉想阻擋客人瞄到天行，立即上前打聲招呼：「你早到了。」

客人說：「沒關係，我想親自取……，天行？」這個客人泛著寶藍色的捲髮，身上是最新一季的藍色針織裙，提著皮串鏈的經典小包，塗上啞緻紅色的唇膏，慢慢走上前。

天行回了一句：「伊莎貝拉。」

「很久不見。」

「嗯。」

「見到老朋友不應該開心嗎？」

天行沒有理會她，蕾拉頭都疼了，這位表哥真是死直男，他之前就是一口拒絕了伊莎貝拉？人人談論的國際影星伊莎貝拉，她總是在舞台上耀眼著，聚焦燈追蹤她的一舉手一投足，也許是眾人仰慕的女神，只是她並不曾在天行眼內閃爍過。

天行問非所答：「你是常客？」

伊莎貝拉回答：「算是吧，蕾拉總能帶來些好的紫藤花。」

這花剛好是亦寧喜歡的，而且對於約市來說，紫藤花是非常罕有，難以保存，必須是有指定牌照的花藝師才可以進口，你這小鬼有沒有預留給天行？

天行睨睥了蕾拉，蕾拉的嘴型訴說「有預留給你的」，一定給到他。蕾拉趕緊說：「通常都是助手來，為何勞動你親自來？」這句話也是想告訴天行，她也不知道伊莎貝拉會來啊。

「我知道花到了，想早點拿。」

此時，門鈴清脆聲音再次響起，是亦寧推開了門向天行說：「對不起，剛剛有突發，遲了些……，莉莉？」

伊莎貝拉：「宋亦寧？」

原來她就是那個莉莉。伊莎貝拉驚訝地看著亦寧他們：「他是你所提及的未婚夫？」

亦寧眨眨眼睛回應：「是。」

「原來是他啊……。」

有種奇妙的氛圍徘徊在空氣之中，是冷場的尷尬？伊莎貝拉看著雪櫃內的紫藤花，猜測也是天行所要的。

伊莎貝拉說：「你喜歡紫藤花，所以我也喜歡。」

她自顧自地走去玻璃櫃，並推開了門，小心翼翼地撫摸著花瓣，卻不小心弄傷了。蕾拉立刻為她清理傷口，蕾拉疑惑這種花不帶刺的，這一滴血劃破了平靜。

伊莎貝拉震抖的說：「原來是他……，誰都可以。」她放下手中的花，手提袋掉在地上，有個小包包引起了亦寧的目光。

伊莎貝拉雙目失焦，嘴裏嘮嘮叨叨的說：「就是不可以是宋亦寧，就是不可以是宋亦寧！」她開始左顧右盼，徒手抓住另一枝帶刺的紅玫塊，指尖都淌血，伊莎貝拉向亦寧扔玫瑰花，嘴裏不斷重複同一句，失控的場面是伊莎貝拉亂叫亂擲東西，天行想制止失控的女人卻被亦寧搶先撲去捂著嘴巴，結果伊莎貝拉狠狠地咬了亦寧的手不放，在車上的伊莎貝拉還一直尖叫，亦寧一下子弄暈了她，大呼人吸地整個人四肢並用扣著了伊莎貝拉，亦寧惶恐得連天行叫了她好幾遍也沒聽到。

「去李維牙醫診所！千萬不可以去醫院！」

「什麼牙醫診所？！」

「天行，求你了！」

「這不是合理的要求！你們現在要去的是醫院！」

「我們不能去！」

「為什麼？！」

亦寧哀求：「求你不要再問了！」

啊的一聲，亦寧忍不住呼叫了，原來是伊莎貝拉發力。

診所外面是空曠的停車場，診所是在廣場內，一個白色的小屋子似的，上面有著一隻卡通化、笑容可掬、迷人單眼的臼齒，招牌和牙齒招牌都關了燈，李維一看到亦寧他們就把已落下了百葉簾的落地玻璃門打開。把失去意識的莉莉安放在牙醫病人椅子上，李維處理好莉莉的傷口，用噴霧隱形膠布覆蓋著，如果好好處理不沾水的話，大概不會留下疤痕。

「我都說了會出事啦！」左手手掌剛包紮好的衛慕誠正在暴怒著。

李維說：「你沒有。」

李維忙於為亦寧包紮傷口：「莉莉的牙齒很堅硬，她咬到你近乎入骨。」

亦寧向他打了個眼色，站在亦寧身後的天行雙手抱胸，也是怒氣十足。

李維過來處理亦寧的傷口，接著就是為傷口縫針：「忍住。」亦寧緊閉著雙唇以免發出任何激靈天行的聲音。

「最後一針，不許動。」李維也汗流浹背地說：「抹汗。」

亦寧愣了，隨即用另一隻手拿紙巾抹李維的額頭，李維又說：「別動。」

衛慕誠回懟：「你怎會叫她做病人又做護士？」

針線來回好幾回後，便完成了小手術，李維放下針線再打了破傷風針後，亦寧以為不用再受罪，輕嘆之際，誰不知衛慕誠說：「之前有個人輸了找我單挑後，狠狠地咬傷了我，誰不知他有瘋犬病。」亦寧震驚地看著莉莉。李維急忙地再為亦寧注射瘋犬病疫苗，誰不知這針藥非常刺痛，她忍不住嘶了一聲，天行為她按住止血的棉花。

「我不痛。」亦寧逞強的說，天行這個男人強忍怒氣，亦寧為了轉移視線問李維：「你為什麼有這疫苗？你不是牙醫嗎？」

「牙醫有這種藥很出奇嗎？」

「啊，我也不知道……。」

李維說「熟客」衛慕誠長期受傷，令他經常要入貨：「他不能去公立醫院，其他私家醫生收費不菲。」

天行問：「你為什麼不當醫生？」

衛慕誠瞪了亦寧，發出了「你老公是白癡啊？」

亦寧瞪了回去，發出了「不准說他，他也不知道的！」

是的，天行無意間開啟了李維的興奮模式。

李維非常認真的說：「牙齒是個很奇妙的器官……。」他滔滔不絕，診所內有著不同的牙齒標本，一個一個的小罐在櫃子上，裝了藍白燈的魚缸內有不同的「尼莫」小丑魚和「多莉」的藍藻魚等，牠們盯著人類，彷彿他們才是魚缸內的寵物。

正當衛慕誠要打斷李維的滔滔不絕，另一位客人進來了。

「莉莉真的咬著了宋亦寧？我要看。」剛到埗的櫻田翔放下啡色的外套，湊上前觀看這個馬戲團。

亦寧無奈的溜溜眼珠，後面的衛慕誠和李維在吵無謂的事情，因為衛慕誠想搶李維的笑氣。

翔向兩個在吵鬧的小屁孩說：「喂，莉莉出事啊，亦寧又受重傷，大家靜靜。」

亦寧反駁：「不是重傷。」

「喂，我也出事！我剛才比賽差點死！我的《幻想軍團2.0》入了廠啊！」《幻想軍團2.0》是他戰車的綽號，衛慕誠亮出包紮了的左手，然後做了一輪不明的動作，彷彿是他們之間的摩斯密碼。

翔揶揄：「對你來說是小菜一碟，何足掛齒？」

「櫻田翔！」

「你三日不到兩天就炒車，很特別嗎？你在赤色賽車路玩命都預計到自己會死了！」

「我現在不能死！」

「哦，我知道，你要當爸爸啦，厲害了！」翔攻擊。

李維流汗勸導：「該時候離開地下賽車，愛米莉快臨盆。」

「誰幫我賺錢養妻活兒，你啊？」

「我診所剛好缺個接待員，你可以過來啊。」

「喂？請問要預約李醫生啊？怕痛啊？放心我們有大量笑氣供應，直至升天也可以。」

「你現在所有藥都是用我的，每次受傷都是我幫你縫針敷藥，你這樣揶揄我？我可沒有收你錢啊！」李維氣呼呼。

衛慕誠繼續貧嘴：「啊～是我的錯，李大醫生。啊，是李牙醫。」

李維反擊：「Fuck you！」

「Fuck 櫻田翔！」

「我才 Fuck you！」

他們就是互相 Fuck you 來 Fuck you 去，繼而肢體碰撞。

亦寧說：「夠了！」這三個小屁孩才收手。

亦寧嘆了一口氣：「你去不了醫院，都是靠李維救你的，而我和莉莉都去不了，因為這個。」小包包被人晦氣地撻在牙醫工作盤上。

翔查看後說：「這小包包真的會把莉莉打到永不超生。」衛慕誠雙眼閃閃發亮了，由個子比他高的翔拎起，衛慕誠搶奪失敗。

「這小可愛在你們身上不安全。」

「衛慕誠！」一輪到翔和衛慕誠兩個無謂地拉拉扯扯，亦寧趁機搶過來後把粉倒落去洗手盤，開水喉沖走。

衛慕誠大叫：「浪費！這包份量很值錢。」

「很浪費啊呵？」

衛慕誠察覺了面前這個女人的火藥味，他踩中了老虎的尾巴。

「為了這該死的東西而流浪街頭！為了這該死的東西而身敗名裂！為了這該死的東西而拋棄家人，你這麼喜歡啊，我給你！」亦寧突然起飛腳，天行抱起了大發雷霆的未婚妻。

「啊，對不起啊，是我錯。」衛慕誠單手擋著，亦寧發洩一輪後終於停手。

衛慕誠「唉」了一聲，說：「為什麼FF團聚在一起都是沒有好的事！」

FF團？是他們這個組合嗎？很臭屁孩的名字。

最怕空氣突然安靜，晦氣圍剿他們，大家都心身疲憊，而衛慕誠正正是道出每個人的心聲。

李維清醒過來問道：「我們中間有人要當爸爸，而她不是快結婚了嗎？都是好事。」

李維再問：「我猜你是她的未婚夫？」剛才混亂到不能好好介紹天行。

天行說：「是。」

「哦，什麼時候是大日子？」李維問。

天行回答：「下個月七號。」

「我可以去嗎？」

最怕空氣再次突然安靜，未幾，亦寧拋出一句：「你上次也不是發晦氣大家一聚在一起就會出事嗎？」

正是對應了衛慕誠說的倒楣事，大家都是黑氣石。

「上次大家都被人拉進了羈留所。」

以為衛慕誠會繼續貧嘴，他卻說：「上次還上次，其實我都想去……，有喜事也好，起碼好過李維刮花我的戰車。」

李維不滿：「用得著不斷提及嗎？」

翔問：「等等，你開過他的車？」

「嗯。」

「不是說不讓開嗎！」

李維回答：「連宋亦寧也有。」

「莉莉沒有了吧？」衛慕誠與翔的尷尬對望。

衛慕誠回懟：「你終日不見人影，不是在非洲還是什麼偏門的地方。」

翔指著椅凳上的女人：「連艾莉莉也有？」

最怕朋友突然的「關心」。

亦寧揉了眼睛飲泣著說：「你是要吃全世界的醋嗎？」

因為這個宋亦寧的眼淚，引發了李維也哭起來問：「你哭什麼？」

原來也是指著另一個男人，衛慕誠：「眼睛會流汗啊。」

亦寧問天行：「我們應該還有位置吧？」

天行摸著她的頭說：「你說呢？」

李維向亦寧說兩個星期後，也就是她的婚禮當日會帶疫苗的最後一針來。

髮梢滴著水，穿了單薄的睡袍，她貼在落地玻璃窗上，俯視著繁華的約市，在這個不眠的城市，人們都在忙什麼？也許是其中一個記者或是醫生，還是上夜班的保安或是只是在夜間流連，迷失自己？亦寧也是迷失了嗎？一雙深邃的眼睛看著她，亦寧看著玻璃倒影，是穿了黑色家居服的天行，她有點害怕地避開倒影中的雙眸，天行把一條柔軟的毛巾放在亦寧的頭上，為她擦乾秀髮，亦寧第一次因為他的沉默寡言而感到不安，是因為天行不再詢問？是因為她不敢問，還是她害怕天行真的會再問？

她鼓起勇氣問了一句讓天行有點傻眼的話：「你是認識莉莉的？」

「我是認識伊莎貝拉。」

噢，對，艾莉莉的名字並不是眾所周知，她一出道的名字就是伊莎貝拉。

亦寧說：「你們曾經是情侶？」

「不是。」

「噢。」

「她曾經追求過我。」

亦寧微張開了嘴巴，有點不知所措，她是明明猜到還在挖洞子讓自己跳進去。

「什麼時候的？」

「在遇上你之前。」

亦寧記得她在追查湯姆的時候，瞄到在夜店的貴賓室內的就是莉莉嗎？亦寧的樣子在短時間變化了不同的表情，她又問了一句：「你有喜歡過她嗎？」

「沒有。」

「如果沒有遇見我的話，你們會在一起嗎？」

「不會。」

這一來一回，天行的答案都是斬釘截鐵，沒有一絲猶豫。

「那……，你為什麼要去那間花店？」

天行捧了她的臉蛋，再向上掃到她弄到很凌亂的長髮，提醒她說：「我約了你了。」

是的，他相約了亦寧過去花店，亦寧突然記起並立刻拿起手機，看到天行之前在短訊提過那是他表妹的花店，他們是要去看婚禮用的花。

「啊……，我……。」

毛巾安放在秀髮上，天行一把抱起了亦寧，去到了書房的工作桌上，天行雙手撐在亦寧兩側，雙拳緊握。亦寧伸出手想觸摸這張冰冷臉孔卻被阻止，天行不讓那受傷的手碰自己。這種沉默吞噬著宋亦寧，他是在發晦氣？是在生氣？還是感到無力？棟哲曾經揶揄過他，宋亦寧是第一個挫敗他的女人，令紀大神變成焦慮鬼，他深呼吸後挫敗的離開，亦寧著急的拉著天行，有一下是用錯力讓她不禁「嘶」出聲，天行立馬查看，亦寧抱緊他的雙手，雙腿夾緊了他的腰。

「難道你一句也不想講？」

若是亦寧領悟不了，請問她還要假裝世界是正常的嗎？

這個傻瓜宋亦寧終於開口了：「我……，是……。」

她摳住手指和腳指，感覺在河中掙扎，然後她深呼吸，開始了：「我和莉莉、衛慕誠、李維和翔都是在巨石鎮長大。我們都是在念完中學後離開那個地方。」她擁抱著屬於她的救生圈，是嘗試得到說下去的勇氣嗎？

「曾經我們都是學校的問題學生，我因為和人打架，差點被學校辭退。很難想像吧？」

天行此刻在親吻她的脖子，令亦寧有點癢而無力，他再問：「有打贏嗎？」

「嗯，當然……，大部分時間。」天行忍不住笑了再咬了亦寧的耳朵。

「很難說服。」畢竟現在的宋亦寧在單人搏擊的「戰績」都是排名低，都是由天行拯救的。

「我是大部分時間都是贏的！」

第十二章　破爛成長路

「那時候……，我可算是學校的風雲人物，全賴有個曾經在學校當老師的癮君子的女人，因為未婚懷孕，受不了指指點點而將一個連半句話也不懂得講的小孩拋棄在學校門口，大家一直指指點點。」

亦寧的腦海徘徊著那段苦澀的回憶，一雙佈滿污泥的手，頭髮打結，對上一次吃了什麼東西？是麵包，一塊由隔離的老婆婆扔過來的，動作姿勢和養家雞一樣，她還是爬過去吃，吃到一半往屋裏跑，想將半個分給媽媽。

面對一個躺在凌亂不堪的床上的媽媽……，視線從枯乾的頭髮穿透出去，鬼爪的手奪去了半塊麵包，繼而一腳踢開了小女孩。沒有哭沒有尖叫或求救，已經習以為常。她再次走出門，坐在破裂的門梯，看到出面的那個人，穿了沾上油漬的工作牛仔服，馬尾束起許多小辮子，雖有銀髮絲卻不顯老，有種帥爆老去的年華。小女孩認得這個人，幾乎每兩三天就會來。

施捨小女孩的老婆婆說：「你來了，她也繳不出租金。」

小女孩呆呆的看著工匠女人拿著的小籃子，散發出香味。工匠女人把籃子給了小女孩，說：「吃光，明天會再有食物。」

小女孩滿心歡喜地接了過來，卻被媽媽推開，這個媽媽指責女人：「我不用你的施捨。」她一手搶過了小籃子擲向工匠女人。

「我是給她的。」

「憑什麼？因為她還小？施捨好讓你的心好過一點？」

工匠女人死盯著回懟：「你可以不吃，但是她還小，是無辜。」

「全世界沒有一個人是無辜的，你也不是，她也不是，說到底你也看不起我。」接著這個媽媽一手吊起了衣衫襤褸的小女孩，繼而掐著小女孩瘦削的臉頰說：「她是我生的，我喜歡怎樣就怎樣。」她一下子把小女孩扔出去，工匠女人二話不說地飛撲接了。

「當初你幫我解決她，我就不會這麼慘。」

工匠女人指責：「她是你的女兒。」

「是啊，因為她，我賤過地底泥，她快點去死啊，一早應該把她沖到河裏去，你幹嘛撿回來。」

「她是有權生存的！」

「我呢？還不是成為這鄉下地方的電視機，任由人看作笑劇，我要的沒有了，現在的我什麼都不要，什麼都不要！」

這些話一出，以為小女孩還小，不懂事？她明瞭的，一切的不幸都是源於她的出生，她跑過出去看到公園內的人，他們都在嬉戲，有大人的喜愛，唯獨她沒有，大人們一見到她，每個人都攔著自己的小朋友，不讓她靠近，彷彿她就是病毒。

回到所謂的家裏，也只不過是被一個癮君子打，她連說話也不懂，字也不認識，家裏滿地的紙張和書籍，有小小的蟲在蠶食著。

工匠女人更加生氣：「你是瘋了但不是傻的！你這樣也是拋棄自己。」

「你這麼喜歡，送給你。」這個媽媽打了個哆嗦後，她要回去「充電」。

聽到隔離的老婆婆也看不過眼的回去屋子了。工匠女人拿起了跌在地上的小籃子，幸好食物還完好無損，她把麵包給了小女孩，並牽著她的小手走去柵欄前的十字路口，這裏有個古舊的紅色電話亭，工匠女人觀察著小女孩的高度，發現她根本不夠高去操作。

於是，工匠女人走去附近草叢搜尋了一塊比較平坦的大石頭，她一手扛在肩上，型氣十足的量度好位置再放下。

當小女孩踏上去時，工匠女人才發現她連電話也不懂得用，幸好小女孩不是頑石，一點就明，工匠女人給了幾個硬幣小女孩，細心吩咐：「好好保存這幾個硬幣，不要讓你媽媽知道。」小女孩點點頭。

幾天後的一個清晨，工匠女人的車房電話響起，她只聽到幾聲的「呀呀」，二話不說開車衝過去電話亭，看到的是一個滿口鮮血的小女孩，兩顆門牙都沒了，她居然沒有哭。工匠女人生氣的抱起了小女孩，回到那間破舊的屋子。甫進門，便見到不堪的喪屍，這個媽媽的鼻孔和嘴巴都是白色小粉末，拳頭上沾了血，兩顆幼齒在地上。工匠女人放下了小女孩，然後一手扯起了這個媽媽質問：「你這坨爛泥！膽敢毆打她？」

這個媽媽還是迷迷糊糊。

「宋海蘭！」

宋海蘭沉淪在自己的世界之中，展露出古怪的笑容。

工匠女人氣急敗壞地摑了宋海蘭：「難道你不會心痛的嗎？你打的時候手不會疼？是

你自己弄成這樣子，只會怨天怨地，你曾經是個資優生！不知所謂！」宋海蘭也沒有回答，只是向工匠女人吐了口水，終於說了一句話：「你有資格指責我嗎？」最後工匠女人一拳撾中了宋海蘭的腹部，那晚，工匠女人好好照顧了小女孩，小女孩起碼可以洗澡，起碼獲得一頓溫飽。

她還可以做些什麼？

直至有一天，小女孩獨自出現在車房門口，工匠女人有不祥的預感，才發現宋海蘭拋下女兒離開了這個故鄉。風起了，沙塵埃飛舞，工匠女人一手抱起了小女孩，馬尾隨風而去，陽光灑在她們的臉上，小女孩輕輕撫摸著女人有著歲月痕跡的臉孔。

「小鬼，我是你的外婆，以後你就跟著我吧。」

小女孩正是宋亦寧，因為居民都知道她是那個毒癮子的私生女，一直都有些小屁孩會欺負她。

天行親吻著亦寧，回想她一直收藏的一段過去，想起了當時邀她去的盛大宴會，不禁讓他更疼惜她。小時候的亦寧連反抗也不懂。其中一個屁孩正正是脾氣暴躁的衛慕誠，小時候的他是個小胖子而且身型比一般人高，亦寧經常被他按在地上打到體無完膚，而且時常搶她午餐。王美如在一旁看見並沒有出手協助，她走上前要宋亦寧學習保護自己。

亦寧笑稱：「因為他的媽媽一不高興就會餓他，而美如廚藝不錯，所以他時常打劫我。」

直至亦寧有次終於嚎啕大哭，受夠了這個傻瓜的王美如說：「我們不可以選擇出生，但可以選擇如何成長，戰鬥到底。」這句話烙印在亦寧的心坎。

結果她飛禽大咬把衛慕誠和其他欺負她的小屁孩一一擊倒，直至亦寧因為用力過度，打爆了衛慕誠的幼齒。一個小鎮的小學校長施壓雙方家長，以為警戒雙方家長就可以了事，萬萬沒想過是火星撞地球，衛慕誠的母親吃了火藥，當頭就罵。亦寧稱她是眼鏡蛇出洞，見人就咬，見個仔就打。

「雖然衛慕誠一邊被他媽媽揍頭，但是一邊還幫他的媽媽吶喊助威。」亦寧學著天行一起蹙起一邊眉。

由於一句話，校長室內上演了一場對戰，美如和衛太太互相搏擊，而衛慕誠和亦寧第一次嚇到和校長抱在一起，兩隻老虎恨恨地打了起來，警長到來後差點拔槍。

天行在亦寧的耳邊問：「說了什麼？」亦寧有點不情願，想逃離天行的「挾持」，卻敵不過他的騷癢。

「哎呀，她說我是個沒家教的死野種。」這一句確實令人不好受。

「所以美如贏了嗎？」

「你居然支持王美如？」

「我肯定會加入戰團。」

自那天起，他們兩個家庭都被警長勒令不准進入對方五米範圍之內，不幸的是，某一天王美如和衛太太居然不約而同地在同一家餐廳吃早餐，她們大眼瞪小眼，敵不動，我不動。

「喂，我的咖啡呢？」說話的是外來的客人，服務員為他奉上飲料之際，狂妄的他對人毛手毛腳。

「怎麼了？」這個人的同伴也加入。

王美如和衛夫人同時拍枱，外來人士在餐廳調戲良家婦女及搗亂，這兩個女人聯手擊退了滋事份子，這機緣巧合之下兩人成為了朋友，這種關係真的很奇妙。

李維這個小怪人被人發現他的小寶物盒，是兩顆門牙。

「他偷了衛慕誠的門牙，幸好沒有偷我的……。」亦寧露出噁心的表情，天行偏偏頭，回想起當時在李維診所內的標本，亦寧瞪大眼睛點點頭表示那兩顆門牙還在呢。

大人們都只記得他的爺爺是個授動的軍官，大家卻把英勇光環蓋在他的身上，不過李維很膽小，不知為何他總是大驚小怪，一有街童就會欺負他。他小時候體型瘦削，曾經被人扔到下水道，亦寧說：「我當時和衛慕誠差點撈不起他。」結果，弱弱的他在此之後與他們成為了朋友，也是衛慕誠口中的跟屁蟲。

至於櫻田翔，他是轉校生，他一來就是個小學霸，不太說話，一出聲就會嗆人，當然很容易成為攻擊對象。某一天他被人打到滾下樓梯，亦寧說：「我看不過眼幫他教訓了那些高年級的學生，那傢伙居然嫌棄，還指責我多管閑事。」

「你應該有復仇吧？」

「當然。」

宋亦寧知道翔的父母非常嚴格，他自小所有科目都拿第一，亦寧曾經好奇問他借筆記，櫻田翔嗤之以鼻，既然櫻田翔的強項令他引以為傲，亦寧得意地說：「這也是他的弱點。」從那個學期開始，亦寧發奮圖強，除了美術外她全都科目都把櫻田翔打垮。

「那傢伙畫畫真的不錯……。」亦寧不屑說，難怪翔現在是個厲害的攝影師，天行仔細地觀賞亦寧的身軀。

「幹嘛啦？」

「最好看的在我面前。」

亦寧臉紅了，反駁天行：「你被下藥了嗎？還是靈魂對調了？你還是天行嗎？」

天行偏偏頭，溫柔地鼓勵亦寧繼續講下去。

亦寧自從在學業上打垮了翔後，翔被父母懲罰了，很多時候要在屋外罰站，甚至要走路上學，要知道翔的家和學校起碼有三公里。亦寧出於好意騎著單車來載翔，翔的厭世令她生氣，結果她和翔在公園打了起來，小時候的亦寧真的是一言不合，就打個燦爛。翔還指責亦寧多管閑事，一定會打倒她，結果在分組做校外功課時被編到一組，亦寧那個時候要賴成為了「自由騎士」，害翔生氣到本來要和她一決高下，卻意外把水樽打中了學校路過的高年級學生，被人困在儲物櫃教訓了一頓。

「我幫他開鎖，救了他。」

「你這麼有正義感嗎？」

亦寧咬了嘴角，不其然地說：「因為功課都在他身上，我一定要挖他出來。」

因為那件事後，翔和她的關係軟化了，後來幾乎都是和翔同班，當然功課也是甩給了翔。

最後的是伊莎貝拉，她原本叫艾莉莉，在離開城鎮後大概改了個名字，就是個喜歡看電影的同學，一直都是個害羞的女孩，她的近視很深，青春期的痘痘和厚重的眼鏡掩蓋了她的精緻輪廓，她在話劇表演時已經很出眾。

「因為……同一班就認識後……就做朋友，我們都是一群時常惹禍上身的怪獸吧，時常幻想可以為自己扳倒欺負我們的人，也因《最終幻想》遊戲系列很紅，所以我們這群人自稱是FF團吧。」

大家一起在一個地方認識，好像是很好的朋友，為什麼最後變成了如此疏離？

宋亦寧淡淡然說：「長大了，散落在不同的地方，你究竟有沒有聽我說話？」之所以這樣控訴，是因為天行越發不正經，他們曖昧的姿勢，氣氛越來越熱熾，環抱著她，扣環扣著她的雙腿，細語輕柔親吻。

「然後呢？」

「沒有然後。」

天行深邃的雙眸透露出寒意，墮入裏面的世界，是個幻影戲嗎？面對天行的凝視，亦寧只是吐了一句：「沒有了。」是真的沒有了？不是還有倪宜，不是還有個死去的王佰榮？亦寧遲疑一會後單手捧著他的臉，不知怎地吐出了一句話：「我是你第幾任女朋友？」

「嗯？」

「回答我吧。」

天行偏偏頭回答：「總之你是最後一任。」

亦寧有點氣鼓鼓，單手用力揉這塊俊秀的臉：「你曾經有多少個女朋友？」

「不多。」

「情聖啊，厲害啊。」

亦寧想揮拳打天行，天行卻沒有迴避硬硬吃了一拳，亦寧的手又痛了，這一下子天行真的生氣了，公主抱起了亦寧，輕放她在床上，不再讓她亂來。

「你呢？」

亦寧倔強地回答：「我不是說過了嗎？」

「忘了。」

「第一個這樣抱著你？」他的質問讓人心跳加速，湊上去親吻著，軟如棉花糖的甜蜜。

「我是第一個親吻你的人？」

亦寧害羞得用沒事的手摀住了自己的嘴巴，悠悠的吻灑落在她的手背。

她靦腆地說：「第一個也是最後一個。」

「學壞了。」

「跟你學的。」

第十三章　情迷不速客

終於完約可以撤走了，這家公寓有著希治閣電影的影子，外頭總是有著警笛的嗚呼，非常繁忙的街道，對面正是那座臭名遠播的罪惡紅牌子酒店，許多人都是聞名而來，窺探歷年來惡名昭彰的犯人遺留的痕跡。一個盤了大鳥巢髮髻的房東白太太，彎著身體慢慢的走了進屋子，她跟亦寧談了好一會兒，說一堆沒一堆的閑話，嘮叨著暖氣爐時常壞掉，大鬧門的鎖也是老化了，希望亦寧以後多回來，她會煮好茶和焗曲奇招待。好不容易送走了房東後，亦寧急急腳跑去浴室，看到躺在浴缸的天行，亦寧立即跑進來。

「她走了。」

天行示威了：「第二次了。」還是被同一本劇本小說擲中頭顱，他把書扔到一旁的紙箱。

面前這個女子親吻了天行的臉頰：「白太太不讓男生進屋的。」

「你都退租了，怕什麼？而且那個老太婆明顯是在佔你便宜，當個免費修理工。」

她豈能不知道？白太太真的很吝嗇，連天氣冰冷到零度也不會找個人來修暖爐，要是亦寧不修理，整座大廈的人直接永世冬眠。亦寧有意幫忙是為了爭取減租或者是不夠錢的時候，可以拖延一會兒才交租，天行來了個摸頭殺。

不過這家屋子確實有個回憶殺，那個秋天宋亦寧翻箱倒籠也找不到一件得體的衣服，她拉著雲希去了趟牛津街，牛津街是約市裏潮人必到的地方，惜財的宋亦寧進了潮人二手店，雲希忍不住逗趣這個好朋友。

「嘩，三軍未發，糧草先行。」

「沒有……，我只是……，想要買件衣服。」亦寧在服裝店拿起了一件與她格格不入的大紫衣服。

「啊，很好。天行一定是喜歡『滑嘟嘟』。」《滑嘟嘟》是麥當勞快餐的標誌性人物，亦寧放下衣服後繼續強裝不是買來穿給那個人看。雲希露出了少跟她演戲的表情，亦寧剛來前線戰火退下來，小鹿亂撞的樣子很是古怪，從來沒看過這種古怪人格讓雲希八卦了一番，才知道她的白馬王子出現了。

「你無權無勢無身材，怎能跟其他名模相比？」通常宋亦寧都會輕易接下林雲希的直球，這次她居然是漫畫式崩潰了，還帶有雷電劈下來的效果，背景音樂還是淒慘的古典音樂。

「不不不，你是個有天份啊……，平易近人……。」

「平……。」亦寧低頭看了自己，更沮喪了。

雲希突然詞窮了，誇讚不了宋亦寧，整家潮店的客人注視著她們，雲希不得以拉了亦寧出去。

「唉，第一次見你這麼沒自信的。」

「哎呀好了，今晚是你的生日，不是要和你的夢中情人度過嗎？哭得雙眼通紅，豬頭炳的腫脹。」亦寧快要被打扁到需要地鼠才可以挖回來。

「他不知道是我的生日，我只是剛好想請他吃飯。」亦寧嘆了口氣，扁扁嘴，垂頭喪氣。

「為什麼不告訴他？」

「為什麼要告訴他？」

「生日唉，很大的一件事，一年才一次。誰叫你和我爸和我外婆是同一天生日，你又不來一起慶祝。」

亦寧轉了一圈眼珠說：「不好了，你的家族這麼大，太多人了。」雲希是個大家族，她的外婆和媽媽時常要幫亦寧說媒，弄到她都不好意思了。

亦寧說：「不想打擾你呢。」

雲希不想再碰這個痛點，所以拉了亦寧好好裝扮，好不容易才把亦寧弄好：「哎呀，灰姑娘，記得十二點就要回家了，我明天和你慶祝生日，如果你明天還可以早起。」亦寧大力打了雲希的屁股，雲希戲精上身喊救命。

一件連身裙吸引了她的眼球，這摺曲的裙擺令她呆住了。

林雲希問：「試試看吧。」

亦寧拿起來之後被人順手一扯，另外一個女人不屑的睥了她。

「我先拿的。」亦寧捏緊了。

這個女人瞧不起人：「看你這個人買不起。」

結果是宋亦寧和林雲希跟這個大嬸打了起來，把信用卡摔出去的那一刻，亦寧第一次膽跳心驚。

雲希幫她好好打扮後說：「贏了就值了。」亦寧阻止她剪價錢牌。

「剛才帥爆的宋亦寧跑去了哪裏？」

「帥爆可以找卡數嗎？」

雲希剛想開口，就被亦寧回神一望，她立馬舉手投降，不想恃朋友富有而「行兇」。

「可不好退的啊。」

「你幫我可以嗎？」

「我從不退貨。」

亦寧穿好了這件白色的洋裙子，配上了黑長大衣，不需濃妝就可以吸引街上的眼球。

百貨公司的大笨鐘噹噹作響，已經是六點了，她要趕快去赴約，卻被雲希阻止：「七點才吃飯，幹嘛早到。」

亦寧不明所以：「難得我不遲到啊。」

「就是你明明一遲就遲得個天昏地暗，遲一點到，矜貴一點。」

「你不是說準時是美德嗎？」

「對我是要準時，不用對那個人，我可是戀愛經驗比你豐富。」

「是的，滿豐富的。」

她們兩個在大街上打鬧著。

「好了，我回去了，你啊……，小心被人家吃到連骨也不剩。」亦寧快快送走這個很煩的閨蜜。

一條訊息來了，亦寧不小心撞到路人：「對不起。」才撿回手機，她的臉都垮下來了。是天行在忙，來不到那家餐廳。抬頭看著廣場的大電視上有新聞說，國務卿出席慈善音樂會，後面有個熟悉的身影，他去了國家音樂大會堂，原來人家是在忙這個。難得的一天假期，看著一雙雙的戀人，是她衝口而出約天行吃飯，以報答他的拯救，可是人家沒當成一回事。

「看來今天都是例牌了。」肚子已經很餓了。嘆了口氣後，她很自然的回到了《BLUR》，點了一份煙肉芝士漢堡，當她看到一個圓形的朱古力奶油蛋糕靜靜地待在玻璃櫃內，她買了一整個蛋糕。此時老闆「嘻」了一聲，送了一根蠟燭給她，似是懂得這是她的重要日子。

「謝謝。」亦寧笑了，老闆回去看他的棒球賽。

亦寧一邊咬著漢堡，一邊捧著蛋糕，咀嚼完畢後便用力揮包裝紙到後巷的大型垃圾桶，差錯腳跌在地上，弄到一身都是髒的。

「啊！條裙啊！」本想明天一早就去辦退款，結果好了，真的屬於自己的了。咦！手上的蛋糕！哎呀，宋亦寧今天真的很倒霉。她用手袖擦了擦雙眼，緩緩自己站起來了，一瘸一拐地捧著蛋糕回家。

這家公寓是亦寧在約市中心租的第二間房子。雖然是紅燈區，但房子空間大，可以容納很多東西，有時候外面的嘈吵，也許是讓她不會太孤寂。她放下大衣，在桌子上小心翼翼的把崩塌的蛋糕拿出來，插上蠟燭點起了，一小點的燭火燃亮著。

「美如，我以為從今以後會有個人來陪我過生日。」

為自己唱起了生日歌，說：「我希望以後不要再一個人。」就吹熄了燭火，大顆大顆的淚水掉下來。

此時，聽到大堂門鈴，這麼晚了，又是一輪急速的門鈴聲，令她忍不住走去後窗外面的小樓梯，探頭驚見是個黑色西裝打扮的人，亦寧一眼就認到是天行了。

「為什麼他會知道我住在這裏？」亦寧疑惑中，天行突然後退仰望與樓上的亦寧對望了，她立馬縮回去，念咒語：「看不到我，看不到我。」她瑟縮在樓梯之中。

「宋亦寧。」

亦寧合掌求神明請他不要再叫了，等了一會兒，亦寧以為他走了，另一邊箱是亦寧的屋門鈴響起了。亦寧跑過去才發現是房東太太，她開了門但是還繫上防盜鏈。

她的眼睛瞪大著問：「白太太，這麼晚有什麼事呢？」

「有人在一直按你大堂的門鈴，這麼晚還有客人嗎？」

亦寧搖頭撇清：「不認識的，可能按錯了。」

「真的？你知道不可以帶異性回來，租款寫明的。」

「不是了，我沒有下去開門啊。」

門鈴也停頓了，白太太豎起耳仔，回復一片平靜才吩咐：「好吧，你早點休息，鎖好門窗。」

「好的，晚安。」

誰不知亦寧一關門轉頭看到了天行，嚇到亦寧大叫起來，一本書打中天行的頭，一番吵亂引起了白太太的回頭，不斷的敲門。

「宋小姐，你沒事吧？」

「沒有。」

「我聽到的，你別騙我，不可以帶異性回家！」

亦寧快被逼死了，她把天行推進浴室。

白太太大力敲門，亦寧打開了。

「白太太。」老人家左看右看，上看下看，還差浴室的時候，亦寧掏出扳手和螺絲批說她的暖氣爐該放水了，白太太雙眼閃爍，近來都冷了，雙腿不好使，老舊的暖氣爐不放水的話就運行不了。聽到亦寧和拿著拐杖的白太太一下一下的落樓梯。過了一會兒，亦寧緩了一口氣，回到屋子，天行已經走出浴室。

亦寧迅速關門，壓低聲線說：「你這是擅闖民居，我可以告你。」

天行緩緩地走上前，讓亦寧貼到門子，擋在她的頭上：「為什麼不回我電話？」

亦寧瞪大眼睛：「什麼電話？」

「生氣了？」

「你不是在忙，來不了嗎？」

「我是有突發事情，才剛收拾好，以後不會的。」

「突發？出席慈善音樂會就是忙。」

亦寧在空隙之中逃了出來，看到窗子，太慌忙的都忘了要上鎖，讓這個男人偷偷進來，於是打開窗戶和大門，下了個逐客令。

「你沒有聽電話，我不算是放鴿子。」

「沒有來電啊。」

天行盯住她，讓她好奇了，她的電話？她拿起後才發現沒有開網路數據，難怪什麼也沒有收到！是剛才的一摔不小心關掉了，重開之後才發現有很多通未接來電和訊息，全都是天行。

天行倚在牆邊說：「因為你訂的餐廳剛好涉及了我今天工作的範圍，本想約你去別的，你卻失聯了。」

亦寧蹙起眉頭，尷尷尬尬，所以是她放了人家鴿子，她眼珠溜溜的問：「你忙什麼？」

「下班了，我不接受訪問。」

亦寧眨眨眼：「你是怎樣知道我的家？」

天行亮了雲希酒吧的卡片，對，他去過。那隻狐狸拐胳膊了，手機上的訊息也是有林雲希的自白信。

天行走上前：「所以是你失約了。」

哎哦，他懂得反過來責怪，亦寧倔強的推了天行，說：「我……，沒有，你……。」

天行一手拉了她。

「我們還沒吃飯了。」

「我吃了。」

天行偏偏頭，然後說：「是你約我的，自己卻先吃了。我要補償，你煮給我吃。」

「這麼晚了……，沒有食材了。」

「你不是要報答我嗎？」亦寧還是氣鼓鼓的沒有回答。

天行突然扯開了嗓子：「哦？」

亦寧真的不知所措了，抗議的說：「閉嘴。」天行繼續想大聲說話的時候，亦寧立即掩蓋他的嘴巴，不斷的噓他。

「不要，房東太太會把我趕走的。」天行拉著亦寧摀住他嘴的手。看到這個女子委屈巴巴的樣子，他也不再逗笑她了，鬼吃泥了幾句，亦寧好奇：「你說什麼？」幾句嘰嘰呱呱的，亦寧摀住人家的嘴巴好意思嗎？鬆手之際，天行抓緊了，說：「今天是你生日？」

亦寧有口難言，不知怎樣辯駁，不知怎地回覆了一句：「不是。」

還逞強？天行拉著她回到桌前，然後一把要她跌坐在自己的大腿上問：「這是什麼？」

「飯後甜品。」

「要放蠟燭的嗎？」

「我吃蛋糕要有儀式感。」

「你以為我不知還是忘了你的生日嗎？跟我來。」天行一手拉走了亦寧，乘搭由天行駕駛的 No.9 去到約市的城郊，拉著她走到了一片空曠的草地，月色皎潔，繁星閃動，亦寧驚嘆著：「遠處還有一隻貓頭鷹飛過。」

天行牽著她的手：「這是我的秘密花園，從不帶人來。」

「這是你的地方嗎？總會有外人踏進來吧。」亦寧本來想揶揄一下他，天行自信的樣子和堅定的眼神，她愣住了：「我要付入場費嗎？」

天行忍俊不禁，凝望她的眼神，他想帶她去看這個只屬於他的天地，風吹到亦寧的頭髮，髮絲披滿了她的臉龐，天行的指腹翹了她的秀髮到耳背，再卸下自己的外套包裹著亦寧，接著在這遍土地上牽著亦寧走，時間在這一刻變慢了，如果可以一起走著，這人生路也不孤獨。走著走著，雙手不經意由拖拉變成了十指相扣，他們靜靜地站在草地，一條火苗飛升半空之中，一道道的煙花璀璨，煙火化成了一條條染血的如願紙，如刀片般打中了她，她像僵硬了一樣，動彈不得，如願紙差點傷到天行的臉頰時，她一手摸著天行的臉頰，如願紙刮到她的手背，她瑟縮了一下，天行握緊了她的手，就在這一瞬間，懊惱的如願紙雨和傷疤都煙消雲散，天行向亦寧的耳邊說：「生日快樂。」

天行燃點了一把小煙火棒，在他們中間閃閃發亮。

「你不是會許願的嗎？」

亦寧看著天行：「你不是不相信的嗎？」

「向我許願，我就會做得到。」

「你也太有自信了吧。」

「說，你想要什麼？」

亦寧吸了一氣，彷彿搶回上輩子的勇氣再貸款下輩子的力量才許下了一個奢侈的願望：「我希望以後每個生日都有你陪著。」

天行碰上她的鼻子，亦寧還以為他要親吻的時候，天行說了一句：「和我結婚，我會陪你過每個生日。」

亦寧還以為他隨口說的嗎？此刻他掏出一顆閃爍巨大的正方鑽戒，單膝跪下，亦寧愣住了，他說：「我是認真的，你是唯一一個我想一起共度餘生的人。」

「我不是出於一時衝動，這是我從第一次遇上你就想說的一句話。可是，這一點很不理智，直到遇上那次軍變；每次道別的不捨，我知道我人生道路上一定要有你的足跡。宋亦寧，你願意嫁給我嗎？」

豆大的淚水滑落在她的臉頰，她此刻點點頭答應了他，讓天行緊張了一整個晚上，戒指要戴入她的手指之際，一隻貓頭鷹俯衝叼走了那顆鑽戒。

這是什麼狀況？他們愕住了，想追的時候已經太遲了，那隻賊仔已經飛過懸崖，他們繼而對望而笑。自從遇上了宋亦寧，古怪的事從未間斷，亦寧心底裏好像寫滿了一百句、一千句的詩句，卻一句也說不出來。

「一顆戒指難不到我，你不能反口。」

亦寧伸手環住了天行，踮起腳親吻了他：「你也不能後悔了。」

在天行倘大的臥室內，通紅的臉燙到她暈頭轉向，她在顫抖著，連呼吸也不能自己，天行對她的溫柔繾綣，每根神經沸騰，她仰著下巴回應纏綿，指腹侵入了她的秀髮之中，凌亂的狂熱，燃燒的眷戀，是想起了嗎？

第十四章　詛咒纏身

天恩提著天行和亦寧特製的結婚鞋子，在路上嘮嘮叨叨的不滿要在滂沱大雨做沒報酬的運輸工人。

「哥啊！為什麼不直接去你家？」

天行在另一邊說：「叫你來就來。」

本來天恩還想抱怨之際，一看到訊息便興奮雀躍說：「柯南街六號！」

「你這麼興奮幹麼？」

「是不是亦寧住的地方？」

「為什麼你會這樣……。」

「《Cyberpunk》都有那條街，全速前進！」其實沒有，他只是知道那是紅燈區，完全混合了他的幻想亂說。

《Cyberpunk》是一部科幻、關於未來世界的動作遊戲，那個世界是低端生活和高級科技的混合，以天恩的語氣來猜，不用猜測，他肯定是在幻想亦寧生活有「戲劇」，日日都要做主線及支線任務才可獲得房間和食物，他當人家是動物園內的動物嗎？

天行蹙緊眉頭命令：「回去！」

天恩當然不理會他：「全速前進！」

天行掛斷了電話，受不了這無所事事的弟弟，長期待在家中，本來打電競成績不錯，卻與隊員吵架休賽，在家中耍廢，無所事事，老姊天愛控訴：「與他們鬥兩句嘴就打叭在家中！你給我去拉文件也好！你出去做義工推老公公去曬太陽也好，甚至好好地交對象，都好過你每天只知道睡睡睡！」老姊的連環攻擊拳拳到肉，天恩被逼成為了老姊的手下，擔擔抬抬絕不能拒絕。天恩為躲避老姊的追擊，只好投靠老兄天行的救援，誰不知都是獲得勞動工作。不到一陣子的功夫，天恩一個飄移把車泊到在街角。

天恩居然在樓下大叫：「嘩！好《Cyberpunk》啊！好玩啊！」

天行準備落大樓教訓這個白癡之前，已經有人掉他垃圾，天恩成功避開攻擊。

「白癡。」

亦寧勸說：「叫他低調些，不然白太太會發現。」

天行回答：「都搬走了，還需理會壓榨你的老太太？」

亦寧裝了個鬼臉。

當他們收拾到七七八八，天恩才姍姍來遲敲大門，嚇到亦寧掉了一箱工具。

「白癡。」天行甫打開門便扯了天恩進門，然後火速關上門，流水行雲還敲了天恩腦袋。天恩投訴：「幹嘛打我？」

「不是叫你從後樓梯爬上來，幹嘛大搖大擺地敲門？」

亦寧在浴室內聽到零星的對話後，「呯」的一聲響起，還有打碎玻璃的清脆聲響，她整個人嚇到爬出來，以為這兩兄弟要拆屋子，白太太的叫喚聲比拐杖聲還快。

「喂呀，雖然不租了……，天行！」亦寧只見到天行躺在地上，亦寧立馬撲過去卻有個銳心之痛，一把利刃插入了亦寧的背部，她整個面朝地倒下了，與已血流成河的天行相隔得近在咫尺，卻觸碰不了。天恩呢？只聽到另一下「呯」聲，害爬到一半樓梯的白太太被嚇到血壓飆高，當場昏倒。

在屋子內的天行傷及要害，像被人點了穴位似的。他說不出話，毫無反擊之力，為什麼會如斯無力？連呼吸的力量也漸漸失去。

那個裝模作樣，假裝自己是上等人，假裝關心的女人力壓著亦寧。她說：「塗了麻醉藥的刀，插進來也不覺痛吧？你看看那個人，死了似的。」

這個女人發瘋地恥笑：「他去了巨石鎮！我說了兩句，他就不相信去查你啊！」這個女人使勁的把鋒利的刀往亦寧插入去，血流如注的她還被摀著了嘴巴，天行很想發動重力戒指，可是這兩個人重疊了，這會傷害到宋亦寧。

利刃狠狠切開了背部，正當那個女人以為亦寧會求饒，突然之間，亦寧失去意識，僵直不動了，那個女人以為麻醉藥生效，一手拔出了菜刀，一個鬆懈，亦寧的腦袋「嘭」的一響打中了這個女人的下巴，大反手地把地上的玻璃碎片插進了這個女人的眼球，這個女人喪屍鬼叫，在地上如活魚脫離大海亂跳亂撻。

那段震耳欲聾的童謠再次響起……。

眨眼間整個空間變成了冰雪之地，冰冷得刺入骨的痛。宋亦寧履若薄冰的看著湖中間的紀天行，他冰冷的臉頰，距離是多麼遙遠，亦寧拼了命地向他奔跑，不理會冰湖的裂開。結果，天行在她面前墜落在湖中。

紀天行被推進急救室，不同的醫護人員不斷地進進出出，背部有著一道道的傷痕，包括背部的那一道深邃的傷痕，以及頸部的一道深邃的勒痕的宋亦寧被人擋在門外。狼狽不堪的她簡直像魔女嘉莉施法後，化成了洩氣的皮球。

一群人急急腳闖了過來，紀父、紀天愛率先趕到來，紀老夫人後來趕到，一巴摑向亦寧：「我不會饒恕你的。」紀父和天愛立馬拉開他們。

紀天愛打了個眼色，示意亦寧先離開，因為紀老夫人的手下管家柯德莉出手封鎖了這個層樓，亦寧也是死纏求著：「至少讓我見到天行沒事，我求求你了！」

最後是趕來的楝哲連拖帶拽地帶走了亦寧，當他安頓了亦寧在雅斯卡塔醫院的角落後一本正經地說：「宋亦寧小姐，我是負責這案子的華楝哲隊長。」接下來是一連串的米蘭達警告，雖然這不是個好時間，但是以這則案件的嚴重性，已經不可以再怠慢了，完成了一連串的流程後他給亦寧上了手銬，亦寧的腳死釘在原地。

亦寧哀求：「再等一下。」

「等什麼？你的母親宋海蘭死了。」

「你說誰死了？」

「你媽。你不認她是一回事，我們都去了巨石鎮了。」

亦寧被激靈了，由驚訝轉換成無奈，再演化成苦笑：「對啊，天行怎麼不會查我？」

她抬頭看著棟哲說：「她不是很鄙視的嗎？」

幾下深呼吸，她好像站在夾萬前，花盡了力氣才打得開那道門，靜靜的說：「那個女人早在十多年前死了。」這句話讓棟哲難以相信。

亦寧表示身上有著血染的證明，她說：「一驗DNA便知是非。」此時，亦寧腳下已是滿地鮮紅，都傷成這樣還可以屹立不倒，站穩住腳。棟哲猶豫片刻，他明明查過戶籍，沒有資料是指宋海蘭死了，但也沒有直接證據指她還在生存。他沒有解開扣住亦寧的手銬，拉她進到了另一個醫護室，讓醫生為她治療。奇怪的是，她身上除了背部的傷痕，幾乎是沒有大礙，更令人懊惱的是，那道傷口已經止血了，她任由醫護人員檢查、上藥，怎樣也不回一句說話。

「死了？」棟哲這一句嚇到亦寧整個人拉開了遮簾，醫生縫針的線扯住了亦寧的背部，醫生惱火速速罵了亦寧，連護士都要幫忙。

「是你的包租婆白太太，她被嚇到中風腦溢血致死。」棟哲不好意思地往天花板上看，因為亦寧露出了肩膀。

亦寧嘆息了，這位太太畢竟照顧了她這麼多年，她再問：「天恩呢？」

「沒事，只是被撞到昏過去。」

漫長煎熬的夜晚……，紀父他們終於舒一口氣，紀母在家因為得知天行的事已經嚇暈了。過了一天一夜後，孫星恒從手術室推出已經渡過危險期的天行，幸好有塊懷錶擋住了，減輕了傷害性，可是亦寧就是進不得，棟哲已經耗盡時間，他不可能再留住亦寧了。

「只是一眼。」亦寧用上了手銬的雙手拉著棟哲，讓人猶生憐憫。

棟哲已經無可奈何，畢竟他也拖延不了，事態嚴重，他說：「他已經渡過了危險期，我相信天行一定會大步檻過。」

「可是……。」

「宋亦寧！」棟哲也嘆了口氣，也因自己的語氣過意不去，棟哲拉著了亦寧的手銬，可是她就是不動，死釘在病房門前。說來也是，棟哲花了拉牛的力量也扯不了亦寧，按道理來說，棟哲比她高大而且健碩，怎麼連傷者也拉不走，他看到亦寧的眼光裏有一剎那的紅光在瞳孔中閃爍。

守了一夜的天愛在旁，她看了亦寧的手銬，抱胸上前說：「嫲嫲回去了，抓緊時間。」

亦寧滿面淚痕感謝她。

「畢竟躺在床上的是我親弟弟。他喜歡你，我也想給他多點生存的力量。但並不代表我原諒你。」

這個樓層、這個房間、這張病床，要接近實在太不容易，她來到天行的旁邊，亦寧查看了自己，幸好已經完成消毒，換了一身病人服。她遞起了雙手，摸著天行冰冷的手，這些傷確實是因她而起，她沙啞的聲音說：「你怎麼這樣傻去保護我？」

她輕撫著天行的臉龐：「我想過我是花光了畢生的運氣才遇上你的，你卻碰上了一生最倒霉的事，一個受了詛咒的我。我會把這一切都解決，到我回來……，還有命的話，你還願意娶我的話……。如果，你醒來忘記我了，或者你不想再看見我的話，我會從此消失在你的人生中。」

她摸了摸這隻他們一起締造的戒指，金色代表著天行，而銀色代表亦寧，她特意叫工匠偷偷把銀色那一環保護著金環，還說是會漂亮一點。看到在桌上已經斷開了兩截的戒指，亦寧摘了自己的戒指套來套去，終於套上了天行的手指，說：「也許還可以用來相認。」

顛簸勞碌了一整夜的亦寧坐在盤問室，活像披荊的罪人，棟哲親自審問：「你一整晚都不透露半點話來爭取待在醫院裏，到了現在你還不願意跟我說清楚嗎？這是你對待好朋友的方法嗎？」

棟哲傾前低聲詢問：「為什麼宋海蘭會攻擊紀天行？」

亦寧聽畢後閉上了眼睛，看著自己的手銬，覺得不舒服，是一陣胃酸的暗湧。

「你有什麼陰謀？害怕別人挖出當年巨石鎮縱火案的真相嗎？」

亦寧反問了一句：「華隊長，你不是也調查了我嗎？你要是有證據證明我是當年的肇事者，就不會在這裏和我說廢話，對嗎？」

她再次深呼吸，彷彿是爭取多一點勇氣：「都說了，那個人不是宋海蘭。」

「在基因報告出爐之前，我不會相信你……。」

「真正的宋海蘭是死在我面前。」

第十五章　悲情影畫戲

高速公路上的飛馳電掣，棟哲的頭都痛了，為什麼這樣子？他向對講機喊話，絕對不能讓人逃脫，早晨的天空早已被警號劃破了，許多在睡夢中的平民都好奇探究，打開電視及直播頻道，到底發生了什麼事？

在不遠處是懸崖，警方拼命地追趕，可是再不收油，大家便一併墮崖，千鈞一髮之際，警方的車全收了馬力，避開死亡墜落，敵方的車奮不顧身跳了下去。

在後方的華棟哲眼怔怔地看著那輛車在他的視線消失，是完了吧？他幾乎跳車查看。

隊員趕上了：「隊長，這死定了。」

不好了吧？事情為什麼會發展成這樣？

那溫熱的擁抱，緊扣的雙手，是他這一輩子都不會放開的，她踮起腳獻上的這一吻出於真心的，是治癒的，抬起她的下巴回吻，細長的手指在她的肌膚上彷彿有電刺激著，她有點害怕，雙頰緋紅，他輕撫這塊熱熾的臉蛋，深邃的雙眸起了變化，俯身親吻著，這點溫暖被一陣狂風奪走了。

一道湧進全身的力量把他扯回了在那一個凜冽的冬天，渾身是傷的亦寧居然真的慢慢好起來，有些傷還可以結痂了，她坐在床邊，開心的指揮著心疼自己的天行，要他把要退租的房子收拾好。本來好好的一個夜晚，本來可以相安無事的一個夜晚，天行似乎是坐在戲院內，看著一幕幕的影畫戲，卻不知自己才是畫中人。

沉重的眼皮顫動，他努力地睜開眼睛。

「我叫醫生。」守在身旁的是熟悉的紀天愛，她在按救護鐘。

「亦……寧……？」

紀天愛避開了天行詢問的眼神，醫生和護士趕了上來，看見這個弟弟的慘況，到底宋亦寧有什麼魔力可以迷到天行？是解藥還是毒藥？在他離開之後，紀天愛問了自己一百句、一千句為什麼？現在的她已經無法理解愛的感覺了，雙手環抱著自己，雙爪快摳進了肉。當一切都平靜下來之後，紀天愛坐下來，她也累了，天行也只能安靜的躺著。

天行蹙眉單眼看了這個平時都沒有深度交談的姐姐，他問：「她是被你們擋在外面？」

紀天愛問：「就這麼愛著那個人？」

「是。」

「為什麼？」

「你明白的。」

「我怎麼會明白，你現在因為她而躺在這裏，你認為我還會讓她進來嗎？我可不是傻子。」

「你不是還愛著那個人嗎？」

「說什麼呢？」

當天行說了那個人的名字後，紀天愛尷尬地撫摸著自己冰冷的臉，背對著躺在床上的天行：「已經不愛了。」

天行繼續追問：「每年都去懸崖不是在悼念難道是想跳崖嗎？」

紀天愛深呼吸，不想回答這個弟弟的提問，每年都不和家人慶生，獨自去到老遠，每天戴著堅強的面具做人，心在淌血也不願意和任何人講。

天行說：「你困不住我的。」

天愛繼續：「我知道，就像十年前的情況一樣，困不住你。那時候我還以為你生存不了。」紀天愛拿起毛巾為天行擦臉，繼續說：「你太有自信擅自開了爸的直升機，結果飛機毀了，你卻安然無事，那個時候我相信神了。」

天行的頭劇痛，抓住了想叫喚人的姐：「你說十年前怎麼了？」

「你被老爸禁足。」

「不是。」

「你炸了老爸的酒窖？」

天行有些印象了：「炸哪一個？」

紀天愛打了個眼色。噢，是那個最珍貴的，他也正回想為什麼？他凝視著：「然後呢？」

「你忘了？」紀天愛開始擔心這個弟弟會不會失憶，她正想找醫生時，天行拉著了她。

「忘了？」這時候的天行才發現亦寧的戒指套在他的尾指上。

「你開了No.3逃跑了，最後是No.3連機翼也沉在海底，你大命活過來，不過也躲不過爸的大刑伺候。」

「我開了爸的直升機？」天行雙眼通紅回憶那懸在半分鐘的經歷，他好久沒有這樣拉著紀天愛的手，這個弟弟不該是創傷後遺症，忘了這段嚇得全家人差點掛的事情，他們再沒提過，只是不想他懊惱。那年夏天，哪個年少不輕狂，他橫衝直撞，飛到了老遠的地方，不知為何好像一個栽中了結界似的，控制儀表發出失靈的聲響，他拼命的急救，直升機還是俯衝到一個火光之中，他整個人墮入冰冷之中，渾身是疼在海中，是身體？是靈魂？一隻手抓緊了他，用最熱熾的聲音叫他的名字，一定要活下去，湧上了的記憶，底牌終揭開。

孫醫生離開病房，紀天愛嘆了一口氣：「他這個戀愛腦是繼承了誰？」想趁著老爸他們還未到時，讓宋亦寧再來看看吧。

紀天愛說：「嗯，宋亦寧怎麼了？叫她過來吧。」

孫醫生凝重地看了紀天愛：「她出事了。」

第十六章　回憶的碎片

在一片繁星的空間，是寂靜的太空嗎？閃閃發亮的光柱投射在她的身上，她的髮絲悠悠飄揚，一個晶瑩剔透的氣泡慢慢游到她的鼻尖後，化成了無限的漩渦，水包裹著宋亦寧，她快要窒息了，她的脖子是有繩繫著嗎？是有人嗎？

雙腿由強勁的亂踢至柔弱無力，快失去意識之際，那隻勒她的手一推，她的意識被捲入了漩渦之中。

這是？

她居然回到了FF團的聚會，他們五個人在學校後山上起了個樹屋，他們分道揚鑣，要在鎮上的鐘響九次前趕回去，不然必定會挨家人們的教訓了。由於亦寧的家是跟他們反方向，騎車回去的時候，看到一顆流星劃過。亦寧好奇為什麼是個火球似的東西？她騎過去看到一隻被嚇得落荒而逃的巨型麋鹿，一架直升機懸掛在大樹上作出最後掙扎，機身火花四濺，噼哩啪啦的起了火花。一個降落傘橫越在半空之中，爆炸伸延的火舌吞了機師，再有爆炸的撞力波及到這個人，他飛到樹上再一層一層、到最後的一根樹幹上半天吊著。見此狀，宋亦寧摔開了單車，一支箭的飆過去，不管三七二十一在下面盤算墜落點，張開雙手誓要接到那個掉下來的人。

一個重量十足的人撻下來，亦寧的慘叫聲響遍整個地方，她的手臂也磨損了一大塊，另一頭汽油味難聞嗆鼻，已經沒有時間了，如果再不遠離，大家會一起共赴地獄的。

亦寧費盡了九牛二虎之力，把這個失去意識的人揹起來，奔向大平地，直升機墜在地上後，因為俯衝的強烈力量和強烈的風導致其拖行滑到後山的懸崖之下，海浪和海水淹沒了剎那的爆炸。

她不斷地叫喚這個人，是死了嗎？

「喂！」這個人眼神迷茫，氣息虛弱，亦寧想找美如幫忙，可是跟家也有一段距離，身上沒有手機，該怎麼辦？她半拖半拉的把這個人安頓在山上，下面是來勢洶洶，殺紅了眼，沒有人發現這個地方有著一場意外。

亦寧拍拍這個人的臉喊話：「喂，你醒醒啊！」她出盡拉牛的能力拖行這個人。

這個人發出淒慘的聲音：「不……要再……扯，手……，快斷……。」

亦寧才意識到自己的蠻勁，他確實是個傷者。

「你撐住吧，我會帶你去醫院。」她小心翼翼地背起這個人，走不到幾步就一個失足，雙雙跌跌撞撞的滾到懸崖邊，衝力害亦寧半個身軀扯了出去，亦寧以為自己死定的一刹那，一隻手緊握著她，是那個人。

他擠出了一句：「撐……。」

怎麼變成了這個模樣，應該是她救人，反而要這個傷患身負重傷的拯救。

在這從下而上的仰望，有幾下的閃靈攝入了他們倆的腦袋，是不是屬於他們的回憶，這對是不是他們的手？是的，可是為什麼有種奇怪的感覺？是未曾長大的他們嗎？亦寧知道她不可以再耗損彼此的生命力量了，她用力一撐，這個人也是拼死地一拉，他們終於爬了上去，暫時大家都在一個平面，起碼不用再「滾」來「滾」去，他們是牽著彼此。

緊急關頭，分秒必爭，宋亦寧背著他並抬到單車上，放在前騎上非常難辛的騎回家，到達了家的時候，連王美如也不見了，為什麼？

亦寧著急地問：「怎麼辦？怎麼辦？現在叫救護車可以嗎？」可是救護車來這個鎮也

有一段距離，上次老叔叔跌斷了腳也要等到第二天清晨才有直升機來到，外面的騷動也會造成阻礙，一定要繞道抄小徑才可以以最快的速度到達最大型的醫院，突然非常認同外人說巨石鎮是個鳥不生蛋的地方！

桌子上鑰匙激發了亦寧，她跑去開了早幾天剛修理好的車子，她把乾淨的毛巾包裹著了這個人，安頓他在後座，再隨意的把鴨嘴帽子戴上。啟動引擎，她早早已經懂得開車，又幫忙修理過車子，對於手動汽車瞭如指掌，她不斷叫著這個人，可是這個人的意識迷離。

「喂！你撐住啊。」她在路上風馳電掣，結果惹來警察的追趕。

「為什麼不是救護車啊？」以她未成年加上超速的情況下，救不了那個人還得拉進牢，最重要是她一定會死在王美如手上！這架車的馬力絕對跑贏不了公路警車，這幫人什麼時候這麼勤力？這麼死纏爛打，激發了她的思考，她敏捷地關了車燈，在直路飄移再轉了一百八十度大迴旋滑到警車的後面，繼而無影進入了深夜黑漆的叢林之中，那部警車窮追不捨，開始只剷過一大片草叢之中。

此時，她知道機會來了！

警車駛出草叢時，以近距離避開一群麋鹿，每隻的體型都媲美一輛七人旅遊車，這群麋鹿抵抗撞開警車，讓其失控地翻轉三百六十度，最後卻是四平八穩地死火在黑暗的大空地上，兩位警察雖然苦叫連連，卻可以全身而退，算是不幸之中的大幸了。

亦寧完全大敗了警車，麋鹿的叫嚎聲貫穿天空！亦寧歡呼起來，一支箭飛奔到急症室，許多醫護人員接手了這位傷患，宋亦寧在陪他們一起奔跑，她把一塊朱古力塞到他的手心，說：「撐著啊。」

這個人虛弱地問：「你叫……？」卻來不及回應，他們就已經到達手術室門口，雙手被分開了。

「吓？」不禁在想，他會吃到嗎？不然那塊朱古力會溶掉的。

不久就聽到了騷動，一群人浩浩蕩蕩地趕了過來，亦寧隱約地聽到那個人的名字，那是他的家人嗎？一位保鑣睥睨了亦寧，正正是要驅趕多管閑事的人，亦寧扮了鬼臉。

她深呼吸，看著天空雨粉飛飛，她獨自回到車上，希望這個人會安然無恙，他們日後還會相見嗎？亦寧躲到一旁吃了一塊朱古力，人多勢眾，看來這個人來頭不少。她再吃多一塊朱古力，一些畫面閃爍在腦海，她查看了雙手和身軀。

「剛才的畫面是怎麼一回事？」

為什麼會冒出這段記憶？

第十七章 胡蘿蔔恐懼

「你這個人怎麼這樣？」

一起散步，一起逛超級市場，亦寧自從與天行一起，她小時候夢寐以求的滿載而歸終於實現了，以前總是要思前想後，計過量過才可安然度日，現在天行總是寵著她，讓她有著溫飽，回家總有個人為她開盞燈，雖然都是智能化的操作，她累的話，會有人陪著，她很滿意這個現狀，是一種平凡卻有著溫暖的陪伴。

他們逛到超市的蔬菜部，天行在選購紅蘿蔔，亦寧最不喜歡的食物，她拽拽了天行的衣服問：「紀先生，今個月已經吃了，可以不要嗎？」

天行搖搖頭：「你愛喝的牛尾湯甜味是來自這種有益的食材，更何況胡蘿蔔素擁有豐富的維生素A，對眼睛好，你這個整天都在寫稿熬夜的人是需要吸收的。」

亦寧拽了天行的手袖，再蹙起了眉頭，扁著嘴巴，要他放下「屠刀」，讓這種「邪惡」的食物遠離吧。

天行偏偏頭說：「不喝牛尾湯，直接煮胡蘿蔔湯。」

亦寧有點氣憤地追問：「你這個人怎麼這樣了？說好了一個月一次而已，你是對胡蘿蔔有仇嗎？非吃它不可。」

天行把挑好的食材放進購物車，拉著她邊走邊說：「你和胡蘿蔔有親嗎？非得護著它不可？」

天行足足挑著幾根，是好幾根胡蘿蔔！亦寧不服的回嘴：「明明還有別的維生素A的食材，好選不選就選這個。」邪氣的笑容，這個男人悠然自得地放下了戰利品。

她現在可以打退堂鼓嗎？不應該為這個男人捨身，居然為了胡蘿蔔去欺負她，太過分了。不過天行總會安撫她的心理，把她拉到零食區，讓她買很多朱古力，她這時才嘆了口氣，還在想可不可以放點在牛尾湯裏，令她可以麻木了胡蘿蔔的味道。

天行此時揶揄她：「吃這麼多朱古力也不蛀牙？」

「我有刷牙、用牙線和漱口水的，還有定期看牙醫。」亦寧張開了嘴巴，露出她滿意的牙齒，天行輕捏住她的嘴巴，在她的耳邊講了句：「還是吃別的好一點。」亦寧聽完之後立刻打了他一下：「唉，你這樣子會被逮捕的。」

天行蹙起一邊眉問：「我是說吃健康的食物，你的腦袋在想什麼？」他指了指亦寧的額頭，害亦寧如滾水煮開，熱到滿臉通紅。

亦寧裝傻的把一堆朱古力掉進車子：「你這個人怎麼這樣了？」

天行低頭看著這些零食：「你要吃正餐，不可以光吃這些過活。」

亦寧走上前，用朱古力棒調戲著天行：「嘮嘮叨叨的。」

天行趁亦寧不為意，把一部分的朱古力放回貨架上。

回到家中的亦寧氣得快歸西了，亦寧撓起了手，默不作聲的死盯著在廚房忙著的天行，她托著頭看著桌上的零食區，出現的都是她不怎麼吃的棉花糖。

「為什麼有棉花糖？」

沒有回應。

「喂？」

「你過來幫忙啊。」答非所問，亦寧被叫喊好幾次後，有點不情願的爬去流理台。本來最平凡不過的晚飯，天行硬要亦寧幫忙處理她的「敵人」。亦寧不情願之下，非常隨意洗胡蘿蔔，假裝失手把菜掉到垃圾箱內，天行拍了她的腦袋，問：「你這個人怎麼這樣了？」最後要亦寧洗好和弄好，他的目光時時刻刻的投過來。

「紀大神，你平時都不這麼囉唆。」

天行把一條胡蘿蔔晃來晃去：「我擔心你，為你的健康著想，有問題嗎？」

亦寧趁天行去別的角落忙的時候，偷掉幾顆切好的胡蘿蔔放在冰格的最內部，心想少一兩顆紀大神知道也不會太大反應的。然後，她偷偷跑離廚房。

在等待開飯時，她偷點時間寫稿子。當天行叫吃飯時，她也沒有反應，直至天行上前用力的摺合她的電腦，她蹙起了眉頭，怎麼覺得這個男人好像老了二十年，多管閑事，像電視劇裏的老爸。天行拉著亦寧一起坐在佈滿飯菜的餐桌，全都是她喜歡的菜，除了那碗加了「敵人」的牛尾湯，本來完美的夜晚，完美的紀大神，人生總有點缺憾，她嘆息著。

天行掐了亦寧的臉頰，亦寧推推他：「你這個人沒輕沒重的。」揉揉了自己的臉頰。

「我都說你瘦了，可以吃多一點，風強勁一點也會吹走你了。」他撥了亦寧的髮梢，再刻意的用手背撫摸著她的輪廓。

亦寧用叉子撩了幾下飯菜，親查是否埋藏了許多「敵人」。

天行握著她的手：「好好吃飯。」

不過到頭來，為什麼有種讓她渾身不對勁的味道？該不會吧？親愛的紀大神，這也是太過分了吧？

亦寧敵視他，推開紀大神，她本來想離桌的，卻被天行緊握著肩膀，硬生生的被迫營業在這桌飯上。

「你這個人怎麼這樣，用得著把我的『敵人』埋伏在每一道餸吧？」

天行更要她攤開手掌，把收藏的朱古力奪走後把棉花糖塞到她手上，她真的生氣了：「你怎麼了？」

他在耳邊吹氣輕聲：「你不是喜歡我抱著你，你從小就是這樣黏著我的。」

為什麼有這種令人不舒服的陰陽怪氣？亦寧說：「你不要這樣，弄疼了我。」不管她怎樣反抗，天行用力從她的鎖骨掃到了臉龐。

這不對啊。這不是天行。

他不會威逼利誘，他不會把恐懼和她討厭的強加於她身上，他生疏的為亦寧綁起了馬尾，很疼痛而且還掉斷了不少髮絲，亦寧開始掙扎。

「你不要這樣子，我不喜歡。」

無論她怎樣叫，這個人都不聽，此時她的嘴巴講：「叔叔，我不喜歡！」

第十八章　攻陷勇者塔

艾莉莉小時候長得並不顯眼，因為臉蛋長滿了青春痘和戴上牙箍，活生生的醜小鴨，學校內的人總是視若無睹，甚至連家人也忘記這個二女兒的存在，老爸不時就揮拳拆屋，媽媽老是忘了她的存在，姐姐和弟弟也各自為政，各自生活。這一切都能忍一天就一天，讓她心寒透的是有一個整天對她虎視眈眈的同住叔叔。在學校已經把自己隱形了，回到自己的家，拿著鏟子在後花園挖洞子，賦予希望的想弄條生路來走走。

「小莉莉，為什麼不再牽叔叔的手呢？長大了，懂得害羞了？」

總是在電視裏看到了萬花筒的大世界，是《走佬俏公主》讓她開始幻想著如果有一天，成為了國際巨星。

「要成為公主，你必須堅信你是個公主。」

直到有一天，她與亦寧同一班，看著這個女子大刺刺的沒有理會其他人的目光，就算是班中的大姐頭倪宜要欺負傷害她，亦寧總是能夠扭轉局面。

有一次倪宜把亦寧反鎖在廁格內，要抓牙把抹地水倒進去，亦寧兩三下一爬，從天而降，一手把水反灑在她的抓牙身上，站在門口的倪宜愣住了，亦寧一下子追著倪宜到了教員室。當然，勢力和連帶關係，總是讓倪宜擦乾淨雙手，而亦寧卻被罰洗了那個廁所。

衛慕誠揶揄亦寧為什麼不告訴美如去反抗？亦寧不痛也不癢的說：「難道每次使出召喚獸嗎？」

她已經將美如視為《最終幻想》的召喚獸了，亦寧自知不可隨便召喚的，在此局中她成功避開物理攻擊，卻躲不過權力的打壓。

「要打就要打贏！」這是美如對亦寧的教訓，莉莉在猜她該不會想報復吧？不管怎樣也好，莉莉要回家了，亦寧催促她借物理學功課。

莉莉有點心虛說：「有機會錯的。」

亦寧拍拍心口說：「不怕，今次只是抄堂上有的公式。」

「你沒有抄下來嗎？」

亦寧想了想回答：「好像睡著了。」

莉莉的家是近湖邊的方向，她一支箭踏著單車回家，把背包放在櫃角，捲起手袖預備打開雪櫃之際，櫃面的磁鐵貼住「我們去遊藝園」的字條，莉莉呆住了，所指的「我們」並不包括她，她也是這個家的一份子，難道不是嗎？

從來也不是，他們都不喜歡她，還是忘記了中間還有個女兒？為什麼？是她一事無成，長得不顯眼，為什麼不帶她去啊？

為什麼？

一把令人毛骨悚然、裝著溫柔的聲調：「莉莉。」

亦寧踩著單車，在巨石鎮的小路上，遇上了翔：「喂！借你的物理功課。」

翔慢條斯理搖搖頭繼續騎車，亦寧追上了去：「莉莉抄少了兩條公式啊，你借一本救兩個人啊。」亮出兩根手指，得意地認為翔一定會被說服。

開始討價還價的翔：「我有什麼好處？」

亦寧追上了翔的速度：「最多我幫你做值日生？」打掃這東西是翔最不拿手的，也是最討厭做的。

假裝考慮一秒後，翔決定：「唉，成交。」

他們兩個往莉莉的屋子進發，途中遇上沿途截劫的衛慕誠和李維，他們真的在物理堂

上魂遊太空，除了翔和李維之外，基本上都是抗拒理科的人類，翔背包內的功課已經成為了大家的囊中之物，他們趕過去莉莉家準備分贓。

莉莉的頭髮被扯著，整個頭被揪著，她哀求著：「叔叔，我不喜歡。」她雙手合十，差點跪下來，她怕到想以最卑微的方式求眼前這個魔鬼，她的心是多麼希望FF團在身邊。

對了，亦寧給的電擊槍呢？她拼了老命，一個往側撲到她的背包，可是她就是抗衡不了一個成年男人，幾經垂死掙扎，她終於拿到了電擊槍，以為可以逆轉，誰不知叔叔更眼明手快，奪去了她唯一的救命稻草。

吵吵鬧鬧的FF團抵達門外時，聽到砸鍋摔鐵的打鬥聲，二話不說從後門殺進去，與莉莉的叔叔開打，七國之亂、亂成一團，四個臭屁孩未必不可抗衡一個強壯的成年人，大家奮力將叔叔扯成大字型，衛慕誠整個抱樹熊的強制了叔叔，李維和翔死抱著壞蛋的雙腿，亦寧趁機助跑一跳彈起用她的大絕技，一頭大撞令到叔叔瞬間看盡了人生的走馬燈，也讓亦寧墮入了另一個時點。

第十九章 審判倖存者

意識被扯到另一個維度，她聽不見身邊的人在呼喊，因為耳朵被扣上了耳機，整個人被綑綁在一張椅子上，塞住了嘴巴及用膠布封住，務求要滅了宋亦寧的聲音。

FF團的人被鐵鏈鎖在各自的一旁，在這間荒廢了的巨石鎮官立中學，黑暗的四周只有中間的一盞露營燈照亮，倪宜很興奮地看著這個正在崩潰邊緣的宋亦寧，一個毀了她一生的宋亦寧，而站在一邊是一個戴上了鴨舌帽，低著頭，別過臉的人，任由倪宜摧殘著這群人。

倪宜看著另外的五個人也是遍體鱗傷，各自的嘴巴都被黑布和膠布封實，發出的都是空泡的嘶啞聲，完全沒有造成任何傷害。

挑染了金髮，梳了個高長馬尾，活脫脫的是棵曼陀羅，令人不寒而慄，她喝了瓶啤酒說：「早知就毒啞她。」

她瞄了一眼正在顫抖的宋亦寧，繼續輕狂：「你們知道嗎？這首童謠很難唱，時常唱到

我內出血，幸好我拿捏好，變成了我最好的武器。」她指了指腦袋，動動貼上了閃石的指甲。

「童謠無限播放，她一直在審判的輪迴中，一直被折磨也不會得到解放。不要誤會，畢竟相識一場，我會好好『善待』你。」

她翹起二郎腿再看看五個該死的人，有點不甘心：「如果不是你們，我為什麼要待在那個『好地方』？」倪宜指的是諾蘭精神治療醫院，她咬著一支珍寶珠，不耐煩的問道：

「他們到了哪裏？甩幾個警察也搞這麼久。」

她再看看那被折騰的宋亦寧，繼續嘲諷：「你都不知道我有多興奮的直接把所有人的詛咒付給她的身上，我要她承受我這麼多年來的折磨。」

那個人說了一句：「不只是她。」

倪宜突然咆哮：「哥！」回音徘徊這個課室，倪宜不忿地連珠炮發：「你忍辱負重，你被驅逐這麼多年，顛沛流離，你都不能回家！是這個女人，如果不是她，這個詛咒會烙印在我身上嗎？我的大好前途都是因為她而毀滅了，為什麼她一來就成為了眾人的焦點？明明我才是這個鎮上最耀眼的光芒，明明我才是名門望族，而她只不過是私生子，沒有背景，與這班嘍囉拖著我的後腿，誰還我完美的人生啊？」

她激動地隨手撿了一個石頭擲去翔身上，她這一番言論不經意地令那個人非常頭痛，他雙手抱胸，坐到另一邊的大水管上怔怔地看著這個瘋狂的倪宜，他冷冷地回答：「你也有份將那詛咒打開。」

這一下觸發了倪宜的神經，她連環向她的哥哥腳邊開了幾槍，她哥哥沒有退縮，彷彿已經熟慣了這個親妹妹的瘋癲。

「你和我本來擁有一切的！」

她臉部抽搐，強顏歡笑，同時流著淚，沒有讓人憐憫的感覺，反而令人不安，起雞皮疙瘩。

「為什麼她可以擁有紀天行？」

這個名字也觸動了這個男人，不明所以地盯著倪宜：「你只不過對那個男人有一面之緣，你就說愛上人家，你是不是瘋了？」

倪宜喝光了整瓶啤酒再摔向李維：「無論外貌、背景，我絕對是比宋亦寧好，我該是擁有最好的一切。」

哥哥想上前阻止這個瘋狂的妹妹，可因為她的手槍停止了。

「你到底要幹什麼？把他們拐過來折磨泄憤而已？你不是要解除詛咒的嗎？」

倪宜很八婆地回答：「當然不是了。」

「不是？」

倪宜裝著無辜，鬆著肩，再看著哥哥。這一下的當頭棒喝，他呆了，這是什麼狀況？他花費了這麼多時間，不就是因為這個妹妹一直哀求要一個清白、一個解咒，一個回家的機會嗎？

「啊，如果我不是這樣說要解咒，哪有辦法讓爸媽和你回去巨石鎮，你們就不會幫忙吧。這是個好力量，我為什麼棄用呢？」

這一句好像五雷轟頂到他的腦袋。

「這讓我操控人心、剷除了許多『雜草』，我把敵人全都折磨致死不就可以回去那個鎮了嗎？」

「所以詛咒是不能解開？」

倪宜假裝恍然大悟，然後笑容可掬地回答：「當然不可以。」

「你又怎麼知道？」

「這是千年相傳的巫術，不傳解方，更何況這群人也覺得好用啊。」

倪宜看到了還在一面驚訝的哥哥，再說：「就是他們也有用啊，不然早就死了。」

倪宜的手機響起了一則通知，她隨即做了個安靜的手勢，這位哥哥也看到了，驚訝地說：「他們都掉到懸崖去……。」

倪宜猛然抬頭瞪著哥哥，繼而抓了抓自己的頭髮，沒錯這對父母正正是當年巨石鎮的倪鎮長及倪夫人，她說：「都叫了媽不要跟著爸的，明明下巴都被這個女人打碎了，誰叫爸真的太廢。」

沒錯，就是他們為了轉移警方的視線，騰出機會讓哥哥成功潛入帶走關押的宋亦寧，他清楚記得亦寧見到他之後的表情，是多麼的複雜。剛在約市重逢的時候，再次遇見她的時候，這個宋亦寧居然不認得他了。

剛才在警局要把她奪走的時候，亦寧只是冷冷地問了一句：「你是我認識的柳安然嗎？」然後就用藥昏暈了亦寧。

是的，當年的他是邋裏邋遢，沒有打理過的長髮，滿臉鬍渣，還有長期的怒氣沖沖，

齜牙裂嘴，與現在文質彬彬，滿肚墨水，年青有為的他是天壤之別。在他第一次回到巨石鎮燒檔案室的時候，也沒有故人認得出來。反而以為他是路過的旅人，多麼的可笑，當年倪鎮長一走，下達的命令也隨風而散。大家已經遺忘了他們了嗎？還會在想當年的時候，揶揄一番嗎？他從來沒有想過一輩子待在巨石鎮，但也沒想過當年是被驅逐。猶如被放養的狗，被圈著一個厚重的頸帶，再一次被倪家扯著，沒有他們，會不會是一種解脫？

外面開始刮起大風，此時受了詛咒的亦寧開始伸出手，如願紙從天而降，除了這位哥哥之外，全部人都看見這一幕，一條一條的如願紙割開了在場每個人，他對這一切奇幻的事並不覺得意外，他從小在這個城鎮長大，一定聽過這裏迷信的人的瘋言瘋語。

此時幾下的蟋蟀的叫聲，這位哥哥察覺到FF團的動靜，他再看看是那個瘋狂的所謂親生妹妹，根本比他當年更瘋狂，翔因如願紙的攻擊而割開了綑綁他的繩子，撲了過去，壓制住倪宜。

翔狠狠地說：「明明當年是你，是你令到我們全部人陷入無底深潭，是你不聽我們的話推開了鎮魂石，是你害死了王佰榮！」

FF團的團魂不滅，莉莉趕去抱住亦寧，扯掉她的耳機，一個不小心便讓童謠響遍了整個空間。

倪宜掩著耳朵大吼：「艾莉莉，你這個死蠢！」

第二十章 夜色正好

宋亦寧從小就住在這個巨石鎮，夜色正好，她要走去鎮內的雜貨店買盒朱古力，在收銀台上剛好有橙味朱古力，老闆推銷一番，亦寧搖搖頭，她騎上了單車去到一條小巷的時候，環境有點暗，一個身影「呯」的一聲撞上她，兩個人都撞倒在地上，後有追兵，這個人連爬帶滾地躲進了垃圾桶內，有人問亦寧：「人呢？」

還在地上摸了摸屁股的亦寧向這些人指向另一個方向，人煙盡散，躲在暗處的那個人爬出來，在她的背後問：「為什麼幫我？」

她聳聳肩隨便的回答：「總覺得你不是太壞。」那個人跌跌碰碰地跑走了。

在這個時間居然還這麼熱鬧？

衛慕誠在飯後也跑去雜貨店，攤開手掌說：「給我食。」宋亦寧小心翼翼地把朱古力的一小缺塊給了他。

「真吝惜。」

亦寧嘴裏塞滿了朱古力，他們兩個走到了大街上，一起騎著單車的李維、戴著厚沉眼鏡的翔和戴著牙套的莉莉衝了過來。

亦寧望著人群：「我們鎮有這麼多人的嗎？」

莉莉拽拽亦寧的T恤說：「他真的做了。」

「做了什麼？」

「他真的把校車燒了。」

「哦，而已。」

翔回懟：「你要記著他有很多前科，我相信他真的殺過麋鹿。」這個鎮的人非常迷信，殺害守護靈麋鹿，絕對會帶來不幸甚至滅亡。

亦寧好奇地問：「你什麼時候變得如此迷信？你不是理科生嗎？」

「我只是提出他可能已觸犯法律。」

氣溫驟降，清風吹起，黑預兆，不祥的預感掠過他們的心臟，FF團也一起打了個冷顫。不久街上已經聚集了許多人，越來越多的手電筒，在FF團的耳邊聽到數數字聲。

他們眼珠溜到了亦寧，她在數人頭。

翔不屑地問：「你在做人口普查嗎？」

不到一會，他們被人群逼到一旁，李維慘遭人白眼兼被人揪著衣領質問：「有看到那個人嗎？」亦寧他們同步旋律的搖搖頭，之後推撞了幾下，不知為何他們面對這些對待已經習以為常。

「一群怪胎。」這個人向李維吐了口水，他只好委屈地用手袖擦拭，真是有點臭。

李維診斷：「他是有牙周病。」

咦……，好噁心，FF團團員自然地挪移遠離了這位隊友。

翔示意大家瞄去陽台上的那個女人：「她以為自己是誰？」

「她以為自己是她以為的人。」

莉莉低著頭，挽著宋亦寧的手臂問：「她在看我們嗎？」

宋亦寧還在數人頭，整個鎮的人包圍了鎮長的家，向著他們一家吶喊。

「鎮長，難道你還想包庇他？」只不過是燒毀一架校巴，容得著大家這樣討伐？非也，皆因那個人不止一次肆無忌憚地破壞安寧，甚至舉槍獵殺珍重的神獸。

「私相授受，好大個官威啊！」

「你兒子的所作所為，既然你管不了就由我們來管！」

鎮長吸了口雪茄，盯著下面的人，他張開嘴巴，扯起嗓子說：「大家稍安毋躁，我知道近來的事影響了大家許多，造成不便。為求這個鎮的安定繁榮，我正式下令我兒，已被驅逐！」

驅逐？這不等於判了他死刑嗎？這等於失去了這個鎮不殺不害不傷的保護令，鎮民聽完之後異常興奮，這是把生殺大權落在平民手上。這是沿用百年的規定，作為鎮長，他絕對可以凌駕於現代的法律上。

這時此起彼落的控訴聲：「這豈能撇清關係？」

鎮長夫人抱著她的波斯貓，居高臨下一隻手舉起了擴音器：「安靜。」

大家都拭目以待，看看這位尊貴的鎮長夫人有什麼話說。

她凌厲地瞪著這群人說：「鎮長是鎮長，他是他。為了這鎮的福祉，他是如此大公無私，頒了幾十載不曾下的驅逐令，你們還想圖謀更多？」她伸出纖幼的手指點了一個人：「是誰幫你搭路銀行談貸款，令你不至於破產？」

手指再點人：「你的女兒是不是差點被大城市的流氓毀掉，是誰幫你出頭，為受了重

傷的女兒伸張正義？」

「你，是誰保護你的女兒艾莉莉，把那個人渣送進監獄？」

明明都是FF團阻止了那場「災難」，明明是他們把那個叔叔收拾，一把拖到警局。明明是王美如和查理警官找了外面的記者要搞大事情，鎮長才站出來所謂的伸張正義，協助調查。根本是艾家忽視了這位女兒，現在才發現原來有位禽獸的「家人」。這個女人想都不想就把功勞全撈了。以這個地盤的勢力來說，以FF團的呼聲只能瞪著鎮長夫人，而不是站出來反擊。

也許，受過鎮長一家的恩情的人為數多，每個被點中的人都脫不了關係，截脊梁背的嚼舌頭，倪夫人玩起了點指兵兵點著誰人做大兵的遊戲。

「你、你，還有你。」誰未領過鎮長的恩情？然而，倪夫人死盯了亦寧一眼，她本想讓大家都知道宋亦寧可在此處有立足之地，全因他們家的慈悲。可笑的是，誰也知道王美如根本不賣這筆帳，而且他們這一家根本動不了王美如一根頭髮。倪太太當了自己是聖人慈悲仁愛，讓眾人都轉移了視線，誓要揪出極惡之徒。

鎮長夫人一聲聲猶如舞台劇的手舞足蹈，一字一句打入了每位鎮民的心，當然除了FF

團：「那個雖是我親生骨肉，但我們一家公私分明！倪鎮長可是盡心盡力，還在糾纏質疑我們這一家的忠誠嗎？」

說畢，一番此起彼落的起哄！大家都對鎮長夫人佩服得五體投地，活活生生像一個邪教，人性本善還是性本惡？那個真是個無恥之徒？非死不可？

王美如嚴厲地叫 FF 團遠離中央大街，不容他們久留，還有大人們要晚一點才回去，這團耗油的燈在彆扭要看好戲，美如只好允許他們往入面走，九點前一定要回家。

FF 團看沒戲了當然要去秘密之地，學校的後山。他們各自騎單車，靠著月亮和繁星引領，FF 團的夜視力非常敏銳，輕而易舉地避開了麋鹿和野豬。衛慕誠一個衝到大樹之下，他永遠都這麼好勝，他曾揚言必要成為 F1 賽車手。

翔不滿反駁回去：「你首先要有車。」

「我家有啊。」

「不是個老錢七嗎？」

李維也插嘴了：「那架錢七連爬斜路也不行，又耗油又會噴黑煙。」

衛慕誠忿忿不平：「待我賺到錢後，我會換車，到時候你們連我的車尾燈都看不到。」

莉莉撓著亦寧的手臂問：「你上次向那個人擲籃球，你不怕他會報復嗎？」

亦寧想了一會問：「那個人也是自身難保了，還會因一個籃球回來受死嗎？」

也對啊，鎮民猶如洪水猛獸。本來他們是要前往在學校後山偷偷搭建的樹屋上看最新系列的《哈利波特》，大家一起輪流讀不同的章節，這是比各自留在家中看電視還有趣。一下的大笨鐘響起來，明明是在晚上，是壞了嗎？亦寧好奇的探頭，明明是晚上九點了，是他們約定的回家時間。

亦寧正要起來和同伴們回家，這畫風一轉，披星戴月，把亦寧吸進了另一個維度，這個已經不是小時候的時間點，她的雙手在軚盤上，亦寧在繁忙的約市內開車，車內明明是徘徊林雲希的胡話：「你一穿婚紗就要穿蕾絲內褲，一個重頭環節⋯⋯。」在主畫面的來電顯示是櫻田翔，她瞪著這突如其來的名字。

翔好像真的是坐在副駕問：「你為什麼不接電話呢？」一個不留神，她連闖三盞紅燈，與車子一起撞上了燈柱。

宋亦寧是不敢接電話，她知道最終是要面對的，可是她就是怕啊，時光飛逝如箭，原來已經十年了，努力緊握的幸福會不會一下子就粉碎？天行會不會因為她這個不能說的秘密而生氣？說真的，如果角色對換，她也會生氣，把人推置之門外，但是說者受傷，聽者命在旦夕，這麼荒謬的解釋，正常人也不會相信。

「宋亦寧！」是她最愛聽的聲音，周圍的環境是如此陌生，她在哪裏？迷迷糊糊，一個熟悉的輪廓呈現在眼前，是天行。

她疑惑問道：「你為什麼在這裏？」

天行輕撫亦寧的臉：「你沒事嗎？」

有事，是一定有事的，她再看看四周，這是在醫院裏，當天她是要去禮服店試婚紗的，她要回答天行的時候，漩渦吸走了她，將她掉入了另一個時空。

這裏是故鄉嗎？這確實是在巨石鎮，亦寧騎著由王美如買給她上學的戰車，再看看身邊的FF團，他們還是中學生，李維、衛慕誠、櫻田翔、艾莉莉在鬥嘴中，是那一段開心的時光，亦寧此時在小袋子掏出了電擊槍，千叮萬囑要莉莉要好好保護自己。

衛慕誠插嘴：「還有我們呢！」

亦寧再次墮入了漩渦，她沉沒在深海之中。

一張黑白的明信片上面只寫了句「該輪到你了，我在這裏等你」，她親手燒了那個麻煩白目鬼倪宜的「問候」。

她只想這封信永遠消失，陷入深思當中，那雙溫暖的雙手從後環抱了她，是她從沒有遇過的溫柔。然而，一下子的她跌入了深海裏快溺死了，一點空氣也沒有，她掙扎著向天伸手，想抓住任何一根可以救命的稻草，又是同一雙溫柔的手拉她上水。

亦寧目瞪口呆，嗆了幾口水說：「王佰榮？」

他展露陽光笑容，是當年學校的白馬王子，王佰榮拉著亦寧問：「過來陪我啊。」

亦寧瞇眼暈眩，這一來一回的，她到底在什麼空間？她知道這不是正常，是在做夢嗎？

她想掐痛自己，不要再陷入夢境之中，她喃喃自語：「一定是假的，一定是假。」

一個失重，她拼命地抓住任何一根救命的繩。

那懸在半空中的記憶，是那個奇怪的時間點，當年的FF團真的是搗蛋天團，在任何時候都總會出狀況，到底他們要不要畢業的？啊，不對，應該是問他們能不能熬到中學畢業？衛慕誠和李維在後山的地區，找到了像真度極高的炸彈模型，於是他們一起抬回教室。在課後代替了翔打掃的亦寧看見這個玩具，也湊上前一起研究。

在後面擦黑板的人忍不住上來說：「為什麼要放在我的桌上？」

說話的正正是校草，學校的風雲人物，他硬是要單手插袋，徹頭徹尾的耍帥，整個打扮得乾乾淨淨，長得又高挑。聽說他有次去約市做學術交流，在街上被星探追了好幾條街，說一定要他一畢業就來當模特兒。校中的女學生每天都會向他投以心心眼，默默的跟著他。

李維說：「因為我們要當值日生，所以先抬回來。」

衛慕誠說：「也有她的。」是指這顆炸彈的面積也霸佔了坐在隔壁的亦寧枱上。

李維也勸說：「王佰，一會兒而已。」

「我叫王佰榮！不要隨便改我的名字。」

衛慕誠在用抹布擦著模型生鏽的地方，亦寧好奇了：「怎麼總覺得是真的炸彈？」

「為什麼？」

「二次大戰時有打到過來的，有遺留戰後殘留物很意外嗎？」

FF團一起讚嘆著，人生有可以傳承到孫子的故事啦！

只有一個正常人王佰榮彈到後面說：「你們真的有問題，這可是會死的！」

亦寧說：「都這麼久了，應該沒事的了。」

他們吵鬧了一會，同樣也要當值日生的艾莉莉見到王佰榮的時候，也不禁投以心心眼，不願意離開這個課室，由於聲浪太大，引來校長的注意。校長氣到血壓飆高，FF團狡辯這只不過是個模型，他們可以放回後山，當什麼事也沒有發生。

校長氣得立馬要吞幾顆血壓藥，指責著這班學生：「當然不可以啦！這是要找拆彈專家！」

結果軍隊秘密地趕來為這些學生擦屁股，校長特意頒了個「死罪可免，活罪難逃」的金牌給他們，當然包括王佰榮這根校草。王佰榮這次可真的是千年英名，被這群人一朝喪。

王佰榮反譏的說：「多謝你們讓我要留堂，第一次留堂啊！」

不過翔也被牽連，因為是亦寧私下頂替了翔當值日生。

衛慕誠大叫：「都說了，我們應該在後山引爆就算了。」

翔反了個白眼：「對啊，你這樣就直接掛掉。」

「會是粉身碎骨的，我可不想和李維骨肉分離。」

「骨肉分離不是形容這情況。」

衛慕誠又說：「血肉模糊。」

翔蔑視了他，回去擦黑板。

李維說：「頭髮、牙齒也會燒掉嗎？」

莉莉拍了拍自己的頭髮：「我可是愛著這把頭髮的。」

對著他們的打鬧，令到王佰榮費解：「你們到底是不是正常人？我們差點死！現在被逼留堂打掃學校一個月，還要寫悔過書，你們不覺得有問題嗎？」

FF團一起偏偏頭，亦寧回答：「你聽過有人評價我們為正常的嗎？」

「啊！沒關係，是精神病啊！」王佰榮拿了拖把出去，此時撞上了迎面而來化了時尚妝容的倪宜，特意梳了個馬尾，配上紅絲帶蝴蝶結。

王佰榮說：「你為什麼還在這裏？」

倪宜撓起了王佰榮的手，他卻不舒服地推了幾下，倪宜硬要拉著他：「我知道是他們拖了你的後腿，我特意來幫你的。」

「不用。」王佰榮在閃躲的時候，不小心撞到了正在提著水桶的亦寧，亦寧一個不小心差點跌倒時，是他扶了亦寧，這畫面就像《亂世佳人》的電影海報一樣，這令到倪宜咬牙切齒，王佰榮立馬奪過亦寧的水桶，嘴裏嫌棄著亦寧麻煩，卻一個人默默的往學校禮堂走，亦寧聳聳肩跟著，因為她的職責是要和王佰榮一起打掃整個禮堂。

倪宜沒有幫忙，而是坐在寬大的樓梯之上，美滋滋看著王佰榮拖地，而亦寧拖得就像滑水一樣。

王佰榮問道：「你到底有沒有好好清潔？？」

亦寧聳聳肩，掏出了朱古力吃，再遞一塊給他：「王佰，要嗎？」

王佰榮反駁：「不要私自為我改名啊！」手卻誠實地拿來吃了，見到如此景象，倪宜彈了起來，要跑過去爭奪她的男神，一個不小心真的跣倒在地上。

亦寧好心上前想扶起她，卻換來倪宜的滿臉嫌棄，要王佰榮幫助，王佰榮最終有點不情願的扶了她，她又假裝站不穩，一個失衡以為可以跌進王佰榮的懷中，她也想要剛才的「亂世佳人」，在一旁的亦寧一手扶起了她，又一腳讓她站好馬步，這個力量讓倪宜不可以再倚靠王佰榮，給了他脫身的機會。

倪宜不滿的甩開了亦寧的手：「關你什麼事？」

亦寧不滿的反擊，兩個人互相推著，王佰榮制止：「不要再為我打架，好嗎？」

倪宜因這句而收斂，亦寧奇異地回答：「我沒有為了你。」

「不是為了爭奪我，為了什麼而打架？」

「是她動手，我只是反擊。」

倪宜口不擇言：「技不如人，出生低微。」

亦寧瞪了她：「我沒有技不如人，也不像你的雙眼生在後腦袋。」

倪宜用一根纖幼的手指截了亦寧的心口：「你只是個私生女，憑什麼和我講……，啊！啊！」慘叫連連，亦寧拗著那根討厭的手指頭。王佰榮拍了拍亦寧的肩膀，示意不要繼續，獲得釋放的倪宜還在吱吱喳喳，她衝過來想要王佰榮哄，又人生攻擊了亦寧，說她沒有體面，反而讓王佰榮反感了：「她起碼沒有提最近的事。」

倪宜的樣子通紅了，她知道了！她知道了！她那位哥哥成為了話柄，害群之馬，是整

個鎮茶餘飯後的話題，大家的舌頭嚼到快斷才有一片寧靜。那個哥哥就是被鎮長、也就是親生爸爸驅逐出鎮，這是多大的懲罰。因為鎮長的勢力，大家都在學校留一線，好不容易才活得過來，身邊的人對她避之則吉。說白了，倪宜沒有了以前的光芒，聚焦燈破碎，碎片碎到一地都是，她沒辦法撿起來，一生傲骨的大小姐，這讓她的顏面何存。

倪宜倔強地說：「我們是個體來的，那個人如何做是他的事，我是光明正大的，不是他。」亦寧再次拗了她的手指，一把推送她出門，不讓她進來。

亦寧再給個鬼臉：「放學就回家吧，大小姐。」

站在後面的王佰榮沒有再為倪宜解圍了，可是他有點自戀的說：「你們不要再為我打架了，我明白我有著天賦，可我一點也不想有流血事件。」

亦寧展露出驚奇的表情：「你也太自戀了吧？」

王佰榮自然耍帥，看似是檸檬茶廣告的主角般撥頭髮。

亦寧反白目了。這根校草是生歪了嗎？亦寧第一次這麼想「斬草除根」。她跑到另一邊角落打掃，遠離這傢伙，不期然的開始思考，喃喃自語地問自己：「喜歡？」她忍不住按著心臟的位置，為什麼心跳的節奏如斯快速？

是因為那個人嗎？

自從那一晚，她一直有打聽當晚那個男孩的消息，可是巨石鎮的網絡並不發達，許多人還沿用固網電話，小露寶厚實的電腦，網絡的天線總是被野生麋鹿撞壞，三五七時形成了與世隔絕的結界，電視新聞也沒有報導，難道一架直升機墜海是一宗不起眼的新聞？

亦寧向另一個角落大聲地問：「王佰。」

「不要亂改我的名字！」

「你想怎麼叫？」

王佰榮思考了一會兒：「阿榮。」

亦寧沒有理會他，繼續問道：「當晚，就是大事發生的當晚，你可有聽到別的聲音？」

王佰榮疑惑問：「叫囂聲？」

「或是爆炸聲？」

王佰榮難以自信，眼睛瞪到大大的問：「你找到另一顆炸彈？」

「可能吧。」她也瞎說。

「唉，不要拿回來。」

亦寧再一次使出了滑水式的拖地。他們一起打掃到晚上，本來要把用具好好的歸還到雜物房，此時倪宜又趕了上來，湊近了王佰榮，他只是躲避著，不經意地挨近了亦寧。

倪宜說：「阿榮，你知道這房間藏了什麼嗎？」

「藏了什麼？」

倪宜故弄玄虛：「是鎮魂石。」

大家都不想去理會這個人，這個傳說已經講了好幾個世紀了，倪宜總是想吸引眼球，成為焦點。

王佰榮頭也不回的：「我要回家，還有一堆功課和悔過書還未做。」

此時在那道禁忌的房間出現了「呼呼」聲，這個回音讓這群人好奇了，這不都是傳說嗎？

倪宜咬著一支珍寶珠，覺得很有趣的示意學校地下室的位置：「阿榮，你陪我去看看？聽說鎮魂石是可以讓人願望成真的。」

王佰榮本來不想理會倪宜，卻被她硬拉著，王佰榮情急之下伸手拉著亦寧，亦寧扯著翔的衣袖、翔拉著衛慕誠和李維、李維挽著莉莉，一個接一個地走去下一層，平時都有保安和校工阻止進入，如果校長和老師見到的話，免不了重罰，可是這個時候一個看守人也不見蹤影，亦寧不禁左看右看，一股古怪的氣息湧上心頭。

在這個被生鏽的鐵鏈和幾把大鎖關上，綠色掉漆的大門，掀起了生鏽變黃的一層，看起來已經多年未有人觸碰，也沒有人敢走上前，也未曾見過有人靠近。

這群人來到門前，倪宜不滿意說：「為什麼你要牽著宋亦寧？！」王佰榮並沒有鬆開，是亦寧甩開了他，FF團也不知不覺地一群人跟著這對男女。

倪宜繼續拉著他：「你難道不想看裏面是什麼嗎？」

傳出來的是幾下有節奏的「呯」聲，嚇到在場每個人。

他們全都躲在王佰榮身後，倪宜上前挽著王佰榮的手臂，她說：「已經好一段時間了，是不是有人被困呢？」

他們都吞了啖口水，王佰榮結巴地詢問：「有人嗎？」

突然又有急速的「呯」、「呯」、「呯」聲，好像真的有人被困在入面。

FF團當了王佰榮的盾牌向前，王佰榮再問：「你是被困嗎？」

再來「呯」、「呯」聲好像是回應著他。

亦寧說：「不如找保安來？他應該有鑰匙的。」除了倪宜，其他人都在點頭。

倪宜繼續慫恿：「不知道那個保安又走去哪裏喝酒了，等得來裏面那個人會不會就此掛掉呢？」

亦寧好奇的問：「你今天怎麼這麼熱心？」平時的倪宜連殺一隻螞蟻也會踩多幾腳！

倪宜睥睨著：「你跟我熟嗎？」

亦寧回懟：「不熟但清楚你為人。」

倪宜的手指又要挫她而被王佰榮擋開了。

倪宜說：「你們都是這麼冷血的嗎？」

翔忍不住嘲諷：「你去吧。」

「我是女孩子啊，怎麼要我出手？」

「女孩子也可以幫忙啊。」

巨響的「呯」，他們慌到雞皮戚起。

李維抓緊了衛慕誠的手袖問：「如果打開門有怪物怎麼辦？」

衛慕誠說：「合我們幾個人之力，可以擊退他們。」

翔反了個白眼：「都說了是怪物，我們是人類如何擊退？」

莉莉慌忙地拽著亦寧的衣袖：「還是走吧？找成年人來啊。」

誰不知倪宜繼續煽風點火：「我們居然是見死不救，裏面的人也許已經奄奄一息，在關鍵時刻卻沒有一個勇敢的人來拯救。」

王佰榮嘗試用拖把卻找不到。此時他問：「宋亦寧，借你的士巴拿。」

「吓？」

「我知道你一定有的。」亦寧才不情願地在褲袋掏出，鏗鏘聲響起後，不到三下手勢，鎖就解掉了，王佰榮解開鐵鏈子，拉開大門，灰塵撲撲，黑漆漆的空間，他們鬼鬼祟祟的踏進了這個房間。

王佰榮大喊：「有沒有人啊？」

沒有回應，剛才的敲擊聲也消聲匿跡。

亦寧掏出手電筒，大家都驚訝地問：「你到底藏了多少東西在身上？」

「要你管。」

這個房間怎麼說也不合乎物理邏輯，光線照不到底，好像是接駁到無盡的隧道，他們

吞嚥一啖口水，以王佰榮為首走進去了，王佰榮問：「是不是有人？」

沒有回應，亦寧說：「不如回去了，應該沒有人吧。」

翔和應：「是的，也許是有動物進來了。」

莉莉居然開始哭起來，亦寧拍了拍這位膽小的小朋友。燈光射到了一座好像大地藏的石頭，很突兀地坐立在中央。

衛慕誠有點不屑地問：「不只是有塊石頭而已，說什麼傳說，嚇唬小朋友。」

李維回答：「有嚇到你嗎？」

「當然沒有。」

「哇！」衛慕誠的低能吼叫嚇到李維彈跳起來，在打鬧之中，他們受不了壓逼感決定耍手撤回地面。

倪宜擋住他們的去路：「這下就走？難道你們不好奇嗎？」

亦寧說：「好奇害死貓，我才不要害貓咪。」

櫻田翔也加把勁：「事不關己，己不勞心。」

莉莉拉著亦寧要回家，亦寧看了看她：「好狗不攔路。」

倪宜惱羞成怒：「你說誰是狗！你這個賤種……，啊！」宋亦寧扳回了她的手指而發出的慘叫聲。

戲劇化的逆轉，再一次強烈的「呯」、「呯」、「呯」！是從石頭底下傳來的！

大家都好奇盯著，會有人在下面？難道是被埋了？

李維問：「難道是有怪物？」

翔認真的回答：「應該是人吧。」

倪宜此刻問：「我們不是應該去救人嗎？」

這塊石有著一股力量吸引著他們，不經不覺他們所有人的手也碰著石頭了。

只有倪宜冷眼旁觀，還有……。

「你有什麼目的？」因為站在她身邊的是宋亦寧，她沒有被迷惑，質問著這個倪宜，她用手指攻擊，亦寧直接拗到她哭著求饒。

「我沒有。」

「扮無辜，你要我們行差踏錯，再受到懲罰。」

倪宜踢了亦寧，手一縮趁機也跑到那個石頭一邊，看到其他人齊心合力地挪移這塊石。

倪宜繼續說：「這是傳說中用來封印怨靈的鎮魂石，巨石鎮的名字也是源於此石。很久以前，天災連連，不繼溫飽。旱天雷的那天，祭司占卜，每年都會將一個活脫脫的人奉獻給神祇，以保佑這裏的人風調雨順，豐衣足食。」

倪宜一步一步進逼，假裝著幫忙，亦寧發現朋友們都目光呆滯，活像一群祭司的手下。這不對套路的劇情，是在演恐怖片嗎？

「喂！翔、衛慕誠、李維、艾莉莉、王佰。」她逐一地拍打他們的腦袋，他們依舊沒有理會。

倪宜以看到獵物的心思瞄準了：「奇怪了，你為什麼不聽話呢？」

艾莉莉弱質纖纖，因用力過度而反了指甲了，少少事或是被人兇兩句也不行的小花，此時，也沒有絲毫要哭，平時的她已經哭得唏哩嘩啦。沒有怨言成為了奴隸，宋亦寧一個大步抓起了倪宜的衣服把她撻在地上，倪宜嚇到眼珠快掉了出來。

這個女的為什麼不按章出牌？

亦寧吼叫：「你是白癡還是中邪？！阻止他們啊！」

倪宜在地上滾來滾去也爭脫不了這個人，她哪來的神力？

「賤種放開我！」

亦寧二話不說把倪宜扯起扔到那些人身上，倪宜躺在王佰榮的懷中，這一下打破了結界。

「宋亦寧你瘋了！」倪宜亂踢亂踹，打到王佰榮流了鼻血，人家都清醒了。FF團全身打了個冷震。

翔說：「哇，剛才發生什麼事？」

李維大叫：「我是不是下了地獄啊？」

衛慕誠捏了李維胖胖的臉頰問：「你有資格下地獄嗎？我都說不要打開的了！」

李維反議：「你什麼時候有講了？」

「你管我了，都是這個倪宜。」

翔大叫：「我們走吧！」

幾下的「呯」、「呯」、「呯」聲在鎮魂石下傳出，他們彷彿被不知明的物體迷惑至此，乖乖地往外頭尋了些長木棍，利用槓桿原理去撬起鎮魂石，誰不知只要一細小的空隙，一股大氣從地底向上衝，極多的如願紙衝上天，形成超級龍捲風，把全部人吞噬了。

墜落再散開，如願紙灰飛煙滅，餘燼散落在七位身上。

七對手同步伸出，不約而同百分百的同步率。

「啊，居然如此。」

這七位青年的心臟同步跳動，意識藏在腦海之中，不斷掙扎。

衛慕誠和櫻田翔粗口橫飛，李維和艾莉莉在叫喊，王佰榮不斷叫人冷靜，倪宜不斷問人發生什麼事？只有亦寧張開口呆住了。

七把口同步大叫：「全部閉嘴啊！」

照鏡的動作，一股腐爛的氣息竄入大家的全身，是在侵蝕年青的身軀。

他們又一起說：「年青真好，很好的味道。」深呼吸了新鮮空氣。

「我是神選之人，是至高能力的大祭司，卻遭奸人陷害，活埋於此。現今醒來便獲得七條新生命。我一直在五尺之下，該死的五尺之下，叫天不應，叫地不聞，直到有個人聽見我呼喚。」他們的手指左右揮動，終於可以拆開同步率，手指中了倪宜。

「若非你誠心所求，我豈能重獲自由？」

倪宜本來是嚇傻了，她聽到後便稍稍提起了嘴角，一邊控制不住流淚。

「想不到這麼多年後，依然遇上故人，本來是命運最好的大女兒，還不是做了我忠心的僕人？」他們的一番言論，不經不覺地聲音開始凋零，最後只落到一個人的身上，她捏住了自己的脖子，有種乾嘔的嘶啞。

倏地，驚訝地指出：「是你？」

她所指的是宋亦寧，因為這個女子率先擺脫了控制，她如何才可以阻止這種鬼怪？怎麼辦？宋亦寧可不是正常人一名，正當六人在同步的自我陶醉，完全漠視現實中的動靜，她助跑再一腳踢中了王佰榮，然後一個又一個骨牌式的倒下，到了要推倒倪宜的時候才錯失了，在倪宜還在附身時，亦寧再一腳踹倒了倪宜，倪宜的意識回籠。

亦寧立刻想扶起她，卻被推開了。

倪宜吼叫：「走開！」

亦寧大力搖晃她，並回懟她說：「你白癡啊！」結果倪宜反掐亦寧，力度還越來越大，亦寧奮力對抗，FF團的人一起拉開了倪宜！

倪宜的嘴巴吐出沙啞聲音：「我要殺死你！」

混亂之中，倪宜扳回手槍指向在場每一個。

王佰榮雙手舉高說：「你冷靜。」

倪宜搖搖頭：「冷靜？你言下之意是我不夠冷靜嗎？你知不知一覺醒來，所有事情都變了，誕生在此荒涼之地，成長在這個充大頭的低廉家庭。明明成年之後可以離開這個地方，卻被所謂的哥哥害到連臉都沒有了。明明我是活在聚光燈之下，卻被這個私生女搶去風頭。明明都過了這麼多年，我還是要碰上這個討厭鬼？！」她正正指責宋亦寧。

亦寧舉起雙手問：「你想太多了吧？」

倪宜向地下開了槍，大家都嚇到跳起來，她繼續說：「看來這個風燭殘存的所謂大祭司功力還是欠缺些。」她踹了塵土到五尺之下，然後咬傷手指，賞賜一滴血在木乃伊之上。

倪宜吸吮自己的手指止血，輕佻的說：「哼，讓你出來是為我辦事，以為自己在這小塊的地方做大祭司便是至高無上？居然想功高蓋主，先釐清地位。誰才是主人啊？大祭司，看來你忘記帶腦袋了吧？經歷千年，叫天不應，叫地不聞，沒有我，你還在五尺之下。我允許你的回來，行使屬於你的力量。」她在口袋內掏出香煙，點燃後把煙灰彈到木乃伊上。

「君子報仇，千年未晚。」她一手吸收了木乃伊的力量，她也等得太久了，尤其是她一定要手刃最痛恨的那個人。

可是，大祭司也不是廢到可以讓現代的人類百分百地操控著？

倪宜已經自己攻擊自己，掐著脖子不放，最終大祭司成功奪得主控權，透過倪宜的嘴巴說：「好久不見了，這班外來的垃圾和這個低等的生物，就算灰飛煙滅，我也要你們承受。」

倪宜的嘴吐出難聽的童謠，是少年們從未聽過的，聽到的人耳朵疼痛，這兩個靈魂天人交戰，激烈地打架，混亂了本來的黑暗魔力，夜幕低垂，在倪宜的嘴巴唱出了難以入耳的童謠，她再持槍追殺這班同學，不理好歹，逐個開槍，每槍都不是打中要害，為的就是要他們生不如死，都是木乃伊所中的詛咒。

直至去到最後兩個，亦寧和王佰榮已經被逼到死角，王佰榮擋在亦寧前面。

倪宜不甘心的大叫：「為什麼全世界的人都要護著她？」

王佰榮嘗試與這個在他眼中已經人格分裂的人談話：「你放下手槍，我和你一起出去，好不好？你之前說要在週末看電影嗎？我去買戲票。」倪宜看著王佰榮沾了血的手，不

經意地著了迷，當他們的指尖相觸，觸電感覺竄入全身，倪宜剎那醒悟，她再次遞起槍說：「你不是他。」

他？誰啊？這不是她朝思暮想的夢中情人？

「你原來不是他。」

「呯」的一下槍聲，王佰榮倒臥在亦寧的懷中，亦寧弓身包裹著王佰榮，她捂著王佰榮心口的槍傷。

亦寧哭求王佰榮要堅持著：「喂！看著我王佰榮。」

王佰榮開始抽搐，他凝視著亦寧，他雙手抓緊了亦寧，也是哀求著亦寧：「我……，我不想死……，宋亦寧……，你幫幫我……。」

「你看著我，你不會死……。」她還未說完，她弓著身的背部被人開了槍，傷口開得糜爛，倪宜想再開槍打死宋亦寧，天意如此，她耗盡了所有子彈。

亦寧抱著漸漸冰冷的身軀，承受著痛苦，血染的手不斷拍打著王佰榮，嘴裏嘮嘮叨叨地重複同一句：「看著我，不要死。」

可是，都是徒然。

倪宜沾血的手在貼了水晶的小盒子內推出一根煙，燃點後自言自語。

「你在幹什麼？為什麼將詛咒打在他們身上？」

「這樣就可以控制他們，可是，你這輩子終究都是同一命運。」

「你別胡說，我現在就殺死她！」

「豈不是便宜了她？大公主是如斯仁慈的嗎？」

「仁慈？她死了你就可以擁有她的軀殼。」

正當這兩個惡靈相爭之際，亦寧安放好王佰榮，怒氣竄均她全身每條神經，她吸了一口氣，趁他們鷸蚌相爭，亦寧這位漁人一拳撾了倪宜的肚子，她頓時滿天星斗，失去意識，兩個靈魂分裂再揉合。

亦寧站在高位說：「你這個人渣，我不會放過你。」倪宜躺在地上。

「你以為自己是誰？可以看貶其他人？視人命為無物！你只不過是普通人，只不過是一個普通的生物，那怕是上輩子，阿米巴蟲都比你活得高貴。此生生為人卻不珍惜，此生生於和平世代卻陷人於不義，你視人命為何物？」

亦寧捂著自己的傷口，大口大口地呼吸著，動起了嘴巴，倪宜眼珠都突出了，驚訝十

足。一分一秒的逝去，躺在地上的亦寧，映入眼簾的是零星的畫面是倪宜開槍打中了朋友們，之後被人打倒，她弓起腰，爬起來，燃點火苗，他們身陷火海。

再下一個畫面是摯友們抬起亦寧，辛苦顛簸，終於逃出生天。熊熊大火燒向天，這個沒完沒了的日子，烙印了不可磨滅的傷痕。

全因為烙印、傷痕、詛咒的力量狠狠地打入了這些少年身上，大人們並沒有憐憫他們，只視這些倖存者為毒瘤。

一位梳了油頭的警員，掀起一份厚疊疊的報告，輕佻蔑視著這些少年。

「好好的一個地方，被你們這些社會敗類害到面目全非。」這位警官說話不留情面。

「好好的大好青年就被你們害死了。」這一番說話一句句地打擊少年們的心坎。

除了裝傻的倪宜，她淚眼婆娑的說：「宋亦寧好奇去慫恿他們打開那間傳說中的上鎖的房間，說什麼鬼話聽到巨石下有人說話，要推開石頭去救人。誰不知，下面什麼也沒有！弄到一塌胡塗後，他們沒辦法復原，不然立馬殺死我！」

油頭警員問：「為什麼要你留下來？」

「他們……，要放火燒了學校，這樣就沒有人知道他們做了壞事。可是，阿榮就犧牲了！」

FF團的人都被關在盤問室，小小年紀都不知道如何應對這些事情，更未有一個人站出來為他們說話，他們只是如實的回答當時的情況，口供一致，當他們說出當時的奇幻故事時，卻被警員們打到口腫臉腫。

衛慕誠反抗：「欺人太甚！誰才是真正的犯人啊！」他受到的又是一拳，把他的牙齒都打飛了！

李維只受了一點吆喝，便連話也講不出了，翔更是直接裝被打叭了，索性裝死，而莉莉哭得抽搐，但還是堅持倪宜才是主謀。而亦寧卻被人用膠帶封住了。

「聽人說你是他們的老大，封了你的嘴，免得你妖言惑眾。」宋亦寧死睥著這位油頭的警員，手腳也是被門栓在凳子上，這樣不公平。

「對你，我們會特別照顧。」

亦寧眼神凌厲地盯著這位警員，警員心口上的名牌是段陽豪，段警員給了雙向鏡方向一個指示，躲在角落的閉路電視的運作紅燈關閉了，段警員掏出鑰匙，把宋亦寧的手銬解開了。

段警員說：「我知道你是無辜的，眾所周知大家都是被壓迫在鎮長一家的魔爪之下，倪然和倪宜也是那家的產物，才會害到巨石鎮雞犬不寧。」

他斟了一杯水給已經餓了一天的亦寧，這杯水可以滋潤乾涸正在瀕死的植物，也可以成為交易的暗號。

「受到倪宜的挑釁，她不只搶走了你的男朋友王佰榮，還嘲笑你是私生女，恃著自己是純血的上等人，便不可一世的看低別人。你們都是被打壓的可憐學生，被她逼到要反擊了。隨著巨石鎮最引人入勝的傳說，學校地庫的是鎮魂石，所以你們再也受不住倪宜的胡言亂語，忍不住去犯禁，推開石頭，發現什麼也沒有。真是一場歡喜一場空。」

段警員在褲袋內掏出火柴盒，叼起一根香煙，釋出善意地邀請亦寧也來一根。亦寧拒絕了。

「太濃了？我以為那個香煙盒是你的，還幫你拿了回來。」

亦寧依舊不瞅不睬，這種誇張閃閃發亮的香煙盒似是宋亦寧的喜好嗎？這個人的葫蘆裏賣什麼藥？段警員點燃了一根濃烈刺鼻的香煙。幾下的敲門聲，是真正的年青時的馬里歐警員，他捧著一盒甜甜圈遞給了段陽豪警員，他臨走關門之前，說：「剛炸的很燙口。」給了亦寧一個眼神後便關上了門。

「還燙嗎？」段警員打開盒子，冒著一點溫暖，他看一看佈滿了糖霜的甜甜圈是如此令人垂涎欲滴，再次釋出善意。

「一天下來，沒有吃過，想來辛苦了。」

陣陣的香氣撲鼻，動搖了宋亦寧，她開始坐不住了，身子挪前，彷彿中了迷藥似的，亦寧蠢蠢欲動，段陽豪注視著這位女孩。

亦寧冷不防地說：「餓了這麼久，一點食物可以撬開垂死的嘴巴，吃了之後會說出讓人想知道的口供，這件事就會告一段落，那個始作俑者便可以逍遙法外。」

段陽豪再吸一口香煙，把霧吐在亦寧面上：「你不要敬酒不吃吃罰酒，當時是你慫恿他們推開那道門，推開了巨石，更因為怕別人發現，怕王佰榮和倪宜告發而縱火。」

臉不改容的亦寧說：「你若是有證據，別要子虛烏有，明顯所有證據都指向倪宜，生存的每一個人除了倪宜獲得醫療，其餘生存的人一口水也未有得喝，若不是我們有自療能力，我看你們這些人會任由我們自生自滅，死了就可以走你們想要的劇本，對嗎？」

「你要了解自己的身世，沒有人會相信一個沒有背景，身家不清不白的人。」

這句話宋亦寧從小聽到大，以為她會生氣嗎？她面不改容地說：「查案不是看證據，看人家的背景？權力果然是個吸引人的力量，終於明白咕嚕變得枯萎、瘋癲為了得到魔戒，誰不知這幕我可以用肉眼看上好戲了。」

段陽豪蔑視地把煙灰彈在甜甜圈上說：「現在的孩子都是早熟，說起話來像個老太婆一樣。啊，畢竟是老人家辛苦努力帶大。說來也是，王美如真是個強勁的人，上過戰場做機械修理長官，另一半還是前線指揮官。最終落腳在巨石鎮，王美如還是聲名遠播，一手巧手去維修一輛輛名車。嘩，真讓我大開眼界，每次翻新，車子價值也是翻倍。」

這個油頭的警員，完全不像電影內的帥哥，她用力壓下去才可以不反白眼、「嘖」的聲響。難道，公平公正就不會出現了嗎？她是知道的，打從出事以來，她抱著逝去的王佰榮拼命和FF團逃命，折騰了一天，卻被人困在羈押所，家長也不許探望，王佰榮好好下葬了嗎？她連FF團的生死也不知道，在宋亦寧心裏，那些大人都是「咕嚕」、都是哈利波特的「桃樂絲．恩不里居」。

段陽豪說：「她的地位高，清高得很，心地也很好，好得本來可以一扔，就乾手淨腳。誰不知養了個沒良心，做了傷天害理的事的女孩。那個可憐的年青人，本來是前途無可限量，今天下午就要下葬了。」

聽到這話亦寧就坐不住了說：「為什麼這麼快下葬？法醫報告出來了嗎？」

「急了？不是對你來說挺好的？證據都沒了。」

「你這是公私不分，連真相都還未查出來，便急急下葬王佰榮？他外婆同意了嗎？」

段陽豪蔑視地噴出煙後，把煙插入甜圈上，這一刻他也不再裝了，直接把外賣盒擲向亦寧頭上。嗯，甜甜圈已經不燙了。段陽豪行上前，雙手放在亦寧兩側，亦寧閉上氣才不至於聞到那討厭的髮蠟味道。

「你這低下的人，血不乾不淨，不是純血的低等生物。」段陽豪濫用私刑，一個不留神，被亦寧反制了，一拳撾中他的腹部，他彎曲下來時，看不到的速度再打了他的喉結，害他出不了聲音。

亦寧在他耳邊說：「現代人不會說純血不純血，你也太落後了吧。埋得在五尺之下太久，腦袋生鏽，脫節了？」亦寧用力拖著段陽豪返回他的位置附近的地下，再踢他的下面，之後就急急腳回到坐位上，為自己上手銬，忽然警局發出了令人毛骨悚然的警號，只見到段陽豪失去知覺地躺在地上。宋亦寧表演出色，驚慌地呼救，訛稱段陽豪警員突

然捏著心胸就暈倒了，要其他人快點帶他去醫院。

隔壁的FF團再次受傷，全因為他們乖乖地說出了當時講了什麼，大人們都是騙人的，以為可以逃過大難？這些人還是折騰了他們。

「負責錄口供的，還有別的警員，當日便做了『空中飛人』，墮樓的警員正正是外來的新人，當火勢全滅之後，居民已經發現巨石被挪過，人心惶惶，於是有土生土長的警員禁止其他人再次盤問他們，也不願意查看錄像。當時的段陽豪警員，也就是我們之前遇上的段局長掩蓋了一切對倪宜不利的口供，沒有把這件事件相關的文件和錄像繳到中央，也沒有人特意傳達訊息，那班少年差點成為了階下囚，看來隻手遮天的行為比比皆是。」說話的正正是扶走了天行出院的棟哲，他們都登上了No.9，飛往巨石鎮的路途中。

天行說：「鞭長莫及，誰會在意那個老遠的小鎮？」

棟哲說：「說來王美如也是個狠角色，開了軍用越野車直搗警局，聯同其他家長救那些少年逃出生天。」宋亦寧的性子大多因這位霸氣的婆婆，沒有她撐腰，亦寧他們要上演蒙上冤獄，也不知可不可以來個《基督山伯爵復仇記》？

「話說燒得起整個學校的火勢，吸引了一位路過的新聞記者的眼球，他奮勇地越過重重困難採訪，引起了地區法院的注意，他威脅要鬧上至高等法院，那幫村民早知不服這兩公婆，群情激憤。所有證人一致指證了倪宜，打火機都是她的手指模，當時簡直是極速審判；而倪有川，也就是倪鎮長和他的夫人阻止不了地區法院的審判，那兩公婆在審判的前一天漏夜潛逃，由得倪宜獨自「獲判」諾蘭精神病院治療計劃。唉，一跑就十年。說真的，倪宜出來又怎樣？他們以為可以奪回鎮長的一官半職？」

天行說：「也許只想與人同歸於盡。」

「哦，得不到的。」

「錄像還保得住嗎？」

「其實早就在審判後沒了。」

天行蹙起了一邊眉問：「沒了？」

「呈上的證據都是印刷本，而當時鎮民警告過記者不要查看錄像，也不會做呈堂證供，打死都不讓記者看，那個為亦寧他們平反的記者在之後回去巨石鎮，深夜潛入檔案室偷看了錄像，第二天晨運客發現了他在海邊的屍體。就在那個時候，據聞就是馬里歐

警員毀了。不過沒有人紀錄，所以當作事件沒可疑而被處理掉。」

「那個放火燒檔案室的人白費心機了。」

「我真的很想知道錄像的內容，紙本只是陳述了倪宜慫恿那班中學生，到她由保安室偷來的手槍，到最後她點燃火種燒了這個學校，難道入面是有詛咒？《午夜凶鈴》的貞子爬出來的。」

天行懶得理會棟哲的天馬行空，滿身的戲劇細胞。

「倪宜自視過高，把所有的罪判在別人身上，來自倪夫人的教導，對上流社會、對權力的嚮往。」天行查看了儀錶再說：「棟哲，謝謝你。」

棟哲再次爆發演技：「紀大神出事，我當然會盡全力搜查。而我居然偵查不到我們碰到的馬里歐警員是倪有川假扮，我不會輕易放過他。」

「真的那一個呢？」

「早就仙遊了。」棟哲不滿地嘆氣了。

「你不是先知。」

「唉，紀大神，我也是愛你的。」說來假意要牽上天行的手，天行敏捷避開了，棟哲

不少得的是，因為大家都是賭命，鮮血早已鋪滿此賽車路。然而這個地方是執法組織的手永遠都伸不到，也是因為過往一碰，他們的鮮血也為這個地方添上顏色。

愛米莉性格剛強開朗，微捲的長曲髮，喜愛健身，自然的蜜糖膚色，她是個爽朗的小學老師，平時帶點威嚴，吃得住一群麻煩、嘈吵的小朋友。在正氣有益的形象背後，她的陰暗面是私底下刺激玩命的賽車比賽，她在大銀幕上看見不同車手的綽號，包括：「地獄王子」、「極速惡靈」、「飄移將軍」，不知為何，吸引她眼球的是綽號「幻想團魂」，不是什麼嚇唬對手的名字，誰的團魂？不是個人比賽嗎？車手的名字都是以代號著稱，其為一個字「衛」，愛米莉留意著這個「衛」，漸漸發現他永遠有一股不要命的熱血橫衝直撞。

後來，愛米莉才知道「幻想團魂」的名字聯繫到FF團，當衛慕誠不夠資金改裝或維修，又贏不了錢的時候，都是FF團的人義無反顧的支持。就算他們天各一方，一直都沒有齊腳聚會，他們總是團魂不滅。

衛慕誠的出場次數多，愛米莉想認識他，特地擠湧上前，由第一場開始蹲到最後，只為近距離接觸。不久後，衛慕誠有段時間一直在輸，地下賭博的賠率完全反映了那些人有

多唾棄他。

愛米莉的女友人不禁問：「你為什麼總押注他？很冷門！爛得很！」

她蹙視著衛慕誠的背影。跑上前後又裹足不前，不知是否獲得月老的憐憫，衛慕誠與愛米莉對望，然後卻沒有然後。衛慕誠走去檢查紅色愛驅「幻想魂團」，她裝著高傲的不經意地盯著這個背影，直到她聽到衛慕誠的叫聲：「扳手！」

一個咬著朱古力的女子爽快一拋，衛慕誠頭也不用回地就接到了。

這個女子穿了牛仔外套，戴上牛仔藍色布料的帽子，她問：「衛慕誠，要三文治嗎？」

「好啊！」

原來他叫衛慕誠，愛米莉昂起下巴，瞄了手上的彩票，細語自言：「原來他早有女朋友。」說不定是已婚人士，追了這麼久的明星，也該回到現實了吧。

穿了黑色長毛衣，戴了個口罩，拎了三杯能量飲品的李維跑來：「先墊著吧。」

亦寧指著李維的口罩道：「感冒了？」

李維撩開口罩：「不是啦。」他用嘴型做「會被認出。」

亦寧扯了李維的口罩，更與他打鬧起來：「你又不是名人，怕什麼？」

衛慕誠向她伸出手：「喂，宋亦寧。」示意要那份食物。

亦寧拋了一份包好的三文治，驕傲地表示：「我做的。」

李維奪回口罩再戴好，看見衛慕誠沾了機油的手套說：「你要不要洗手？」

衛慕誠脫了手套後，對著李維拆包裝，大口大口的啃食，李維還在嘮叨會有大腸桿菌什麼什麼的，衛慕誠覺得太煩：「隔著牛油紙啊……。嘩……，有……醃青瓜。」

亦寧若無其事繼續吃：「有益啊。」

「你有本事就放胡蘿蔔啊。」

「哪有人會放在三文治？」

衛慕誠模仿亦寧語氣：「有益啊。」

李維拎起能量飲料喝，抬頭看著大銀幕的賠率，「衛」的賠率越來越高。

亦寧一手吃三文治，一手托著下巴，靠著欄杆問：「怎麼押了莉莉的那份還是這麼冷門？」

衛慕誠平淡說：「別人的馬力早已贏我，我只是希望在髮夾彎飄移時拉短距離，贏位置，翔那個傢伙沒有押嗎？」（在赤色賽車道內的賭博玩法之一，除了賭跑第一名的車

手，還可賭車手的位置是否在第一、二名來贏錢）。

「他說直接掉到海裏。」

「死仔！」

亦寧認真地問：「你跑完這次後，不如收手？衛阿姨的醫藥費也差不多行了。」

「囉嗦。」

聚焦燈的光芒照耀在跑道上，大批賭徒叫囂，呼聲最高的是「地獄王子」，賽車手是卡爾，他是個連勝將軍，這個人染了誇張的白金色長髮，打扮成賽車王子，向外界展露一口大白牙，以這類人才，應該可以在正規的比賽中拿定一席。可是他正正是好賭、不講武德。當然，他也是鋒芒太露，惹來不少嫉妒及利益紛爭，其中包括一個紋了一頭東方龍在頸上的男人，他正正是「極速惡靈」的賽車手，綽號「藍帶約」，也是眾人笑稱的「硬頸二」（廣東話代表永遠都是第二名）。他飄忽的眼神睥睨著大銀幕，在亦寧的附近有一個閃閃縮縮的男人，全身黑衫黑褲，冒了一身冷汗，手腳抖震，亦寧的第六靈感告訴她，這個人不懷好意，可是出現在這裏的人都不是善男信女，所以敵不動，她不動。

衛慕誠在最後檢查之時，不小心割傷了手指，他並不在意，只是將血抹在衣服上，愛米莉拎出了一塊藥水膠布，但遲遲未能送出。

李維翻來翻去自己的口袋，卻聽見他說：「我的急救包呢？」

亦寧幫忙尋找一番也未果，愛米莉才緩緩向亦寧遞出藥水膠布，亦寧道謝了，讓李維為衛慕誠貼上。當亦寧再看愛米莉，發現愛米莉凝望著他們後，便避開她的眼神。

比賽如期進行，賽車手都如瘋狗一樣，在起跑線上胡亂叫囂，只有衛慕誠戴上頭盔後，靜靜地等著信號。愛米莉不禁默默為他祈禱，希望在此最後道別的時刻，他可以贏冠軍。

一開始的時候，大家都擠擁上前，互不相讓，引擎聲如雷貫耳，有著不同的節奏，直到九曲十三彎的賽道上，「幻想團魂」被困在一堆車內。閃避、狂野的比賽，不少賽車手開始使橫手，暗算對手，衛慕誠自問不害人卻未能躲過攻擊。沒有明文規定不許耍花招，大會只默認不准用明槍之外，橫衝直「撞」對手是絕對允許的。

亦寧嘆息中：「唉，這馬里歐的賽事也太難了吧。」她不屑的看著。

李維回答：「是血腥馬里歐。」

在最後的大直路，頭五名賽車手已經拋離「幻想團魂」，而亦寧他們就在終點最後的

八百米等候。

李維戴著口罩也難掩他的擔心害怕。一剎那，亦寧瞄到「極速惡靈」的同伴閃閃縮縮在襟懷講了一句，然後急速離場。未幾，整批車在髮夾彎飄移，「地獄王子」、「飄移將軍」順便飆出，當「極速惡靈」一飛而過之際，「呯」的一聲巨響，天降碎石，山泥傾瀉，位於髮夾彎的的觀眾都嚇到驚慌失措，逃難式奔跑。巨大的暴風塵吞噬了整條賽道。

愛米莉沒有因為騷動而離開，為衛慕誠祈禱：「出來啊！」

在電光火石之間，大部分的車手也炒到被掩沒有沙塵暴之中。

喂！衛慕誠，你不是不行了吧？！

終於！一個小黑影也在電光火石之間跑了出來，是「幻想團魂」，即場派了定心丸，宋亦寧咬牙切齒地盯著「極速惡靈」，如遊魂野鬼的死流氓早已逃之夭夭，她再看到附近閃縮的黑衣人，原本要衝上之時，李維拉著了她：「不是我們的地盤。」

亦寧差點掙脫李維，他堅持：「難道妄顧安全也要觸發嗎？對方死你也一身傷，更何況衛慕誠是預料到的，這裏是『赤色賽車道』！」

亦寧辯稱：「那個人還未走，即是他一定有第二波攻擊啊！」這一下才叫醒了李維，宋亦寧二話不說一手扯住那個黑衣人，不出所料真的有意外了，他佈滿水泡的手指上有個遙控掣，他與亦寧拉扯，這人真的力大無窮，亦寧和李維兩個加起來都不是他的對手。愛米莉不知道何時與亦寧同步了第六感，但她知道一定要幫這兩個人，她跑過去一個跳躍踢到那個閃縮黑衣人，黑衣人當場暈倒，不過這個人的手指居然在最後一秒鐘也要使命必達！

車輪轉式的爆炸開始漫延至終點，一輪快閃攻擊，「地獄王子」整架車被炸至彈開到反方向，接踵而來的「飄移將軍」直接失控自轉三百六十度，要撞上「極速惡靈」及「幻想團魂」！「幻想團魂」雷電形閃避，雙雙闖入塵霧之中，隱約看見他們兩個黑影！「極速惡靈」窮追不捨，利用其馬力厲害過對手，他第一時間不是向終點出發，而是追擊「幻想團魂」的尾巴！

得到技術之神眷顧的「幻想團魂」一個直路蛇形飄移，躲避了對手的陰招！「極速惡靈」因為摩打過熱而死火了！

「最終第一名是『幻想團魂』！第二名是後來力挽狂瀾的『地獄王子』！」隨著大會司

儀的大吼，歡呼聲此起彼落！

亦寧、李維和愛米莉三個拉住了黑衣男人，有幾個雄糾糾的人衝上前搶人，預備開打，那個人被人搶去！天空傳來「嚯嚯嚯」聲，是好幾架的直升機、警察及埋伏的便衣冒出來，樹倒猢猻散，黑幫的頭目都離開了。

來自天空的聲音：「聯邦密探！全部人勿動！」

李維尖叫：「我們死定啦！我不要被吊銷牌照啊！」

亦寧拉著他和愛米莉一起奔逃說：「你的牌照好好的！」

奔馳吧！可是人類的腳是不比車子快，他們正被幾個探員圍堵，他們以為自己死定了！刺耳的警號聲，光射著這幾個人，探員一躍四散，是「幻想團魂」！

衛慕誠叫喊：「上車啊！」

在車上的衛慕誠風馳電掣，並沒有開車頭燈在黑暗的高速公路跑著。

衛慕誠好奇一起倒在後座的其中一員，宋亦寧問：「我認得你，你叫什麼名字？」

愛米莉秀髮也亂了，算了吧，她回答：「我叫愛米莉。」

「即是誰？」

把李維幾乎壓扁的亦寧說：「她剛才幫忙抓兇徒。你也偵查到可疑了吧！」

愛米莉說：「有點，只是沒想過遇上了爆炸和聯邦密探。政府不是不管的嗎？」

衛慕誠回答：「不是不管，是管不了，今天有鬼啦。看來那個胖老頭是快掛掉了！」

亦寧問：「啊！那個胖老頭就是賽車路的莊家！他不是很老啊，生病啦？」

一個飄移，導致他們向左邊一甩，李維再次被亦寧壓扁。

「報應吧，做了這麼多年吸血鬼，上年他截肢保命，現在真的像海獅下不了床。」衛慕誠興奮地說。

李維的臉被壓到車窗上還是要說：「海獅睡床的嗎？」

「可以睡海底。」

「所以叫他起來要用西瓜嗎？」（在廣東一帶一個民間傳說，在世之人會拋西瓜落海中，以尋回先人的遺體。）

這班**FF**團露出古惑的笑容。哈囉，一起下地獄吧。

衛慕誠看了愛米莉一眼：「我可以送你回去，你住在哪裏？」

愛米莉平靜地回答：「可以在第七區邊界放下我？」

「唉，小姐，第七區是富人區，我這架戰車沒有通行證。」

噢，約市內第七區以上是富裕區域，一般人需要通行證，愛米莉平時都是坐計程車去到第七區邊界再去停車場取車回家，而且她已經說近了兩區，她住的是第九區，也就是最富裕的區域，她以為可以坐久一點，起碼可以坐在衛慕誠身邊的副駕。不過，如果那個女子是他女朋友的話，她不會去妄想，只好隨便找個地方吧。反正，她今天已經賺了，以後也不用再來「赤色賽車路」了。

「請你在最接近的區域放下我就行了。」

話音未完，誰不知幾隻跟屁蟲撞上了車尾，真是咬著他們的屁股不放。

衛慕誠大叫：「我都說了！一定有人追我們！」

李維和亦寧一起左搖右擺，甩頭甩髻地同聲回應：「你沒有了！」

在倒後鏡內瞄到後方的臉龐，他咬牙切齒地喊：「我都說了，就是你！」

亦寧和李維一起吼叫：「誰啊？」

衛慕誠手舞足蹈地解釋：「我是說那個下三濫藍帶約！」

宋亦寧有點懵了。

愛米莉幫忙：「『極速惡靈』的車手。」

衛慕誠繼續：「他真的為了排名，瘋子！」

亦寧再問：「這場的獎金很大嗎？」

衛慕誠還是手舞足蹈，亂七八糟的講了一大堆聽不懂的賭博術語，愛米莉只說了一句：

「總之他如果在這個年度沒有拿下過第一，他的排名是不足以讓他進第一區賽事，也是拿不了相比現在百倍以上的獎金。」再一下的轟動撞開了「幻想團魂」，失控於公路上。

亦寧在褲袋內掏出了幾樣東西，由於是坐在中間，她推開了李維的臉，開了車窗，扮了個鬼臉，再扔了一個煙霧彈，完全殺對手一個措手不及。

衛慕誠大讚：「好樣啊。」

李維忍不住問：「從哪裏來的？」

「剛剛在會場偷。」

誰不知前方有俗稱「巨無霸」的大卡車擋住去路！左右都有車的阻擋，衛慕誠一個大扭軚，三百六十度旋轉。

接著，愛米莉被拖到大草地上，她的意識混沌，在模糊的眼線中，看到了藍帶約在脅

持「衛慕誠的女朋友」，接著是幾粒古怪的……，似是童謠……。

銳心的痛楚竄入了愛米莉的心坎，她難以呼吸，一個身影衝過來摟實了她，掩住她的雙耳，她夢寐以求的懷抱，最終成為了她操心、擔心的衛慕誠。最終她一定要揪這個麻煩友回家。

在直升機內的他們遙看著一片雲海，棟哲終於爆發了：「究竟他們講了什麼？」

愛米莉有點生氣：「我真的忘了，每次用力回想都會頭痛欲裂。」壓額頭，知趣的棟哲無奈地嘆了長氣，困在瓶頸許久，就算他們是心理學家或是精神控制者，都難以用這麼短時間摻入精神底層。棟哲坐立不安，前後躍動，天行瞄了他一眼後說：「聽不到反而是件好事。」

棟哲扭轉頭看著機師，天行提醒：「得知全部的人不是全都自我了結了嗎？」

沉默凝結成冰，棟哲用他的手指打著暗號，從小到大，他們會創立屬於他們的通訊方法。

「你是知道真相？」

天行發出「是。」

楝哲的眼神瞪到大一大，揪起了天行的領袖：「你這小子當我是外人。」

天行反手打了楝哲，愛米莉坐在後座，忍不住嘲諷這兩個幼稚男：「紀先生，你是聽過的，對嗎？」

楝哲看著天行：「你默認了，小時候做了壞事就會有這種眼神。」

他們好像是眼神會意，楝哲打斷了：「啊，你和別人有火花，小心我告訴亦寧！」現在輪到天行揪著楝哲，他警告楝哲不要瞎扯。

愛米莉疑惑了：「你還活著。」

天行回答：「是死不去。」

這個日子太陽早在五點左右下山，四周漆黑，氣溫也寒冷了。被打到遍體鱗傷的FF團未曾屈服在倪氏的魔掌之下，倪宜打開了親自裝飾、貼滿閃石的香煙盒，邀請了倪然，

倪然拒絕了說：「你到底要怎樣？她都快死了。」

「哦？你喜歡她？」

「用得著這樣嗎？」

「用得著？我關在醫院的時候，誰關心我、誰可憐我？」

「你也不是沒有關心我、可憐我？」

倪宜站了起來，輕佻地走向倪然：「我的好哥哥，是我啊，可是血親啊，不是他們的話，我們豈會落得如此田地。人善被人欺，馬善被人騎，你本可是天之驕子，本來就是繼承人。」

倪然推開了這個妹妹說：「是老爸下的驅逐令。」

「你未算他們私下的援助，大城市的生活不便宜啊，我的好哥哥。」

正當他們還在互相懟說的時候，衛慕誠率先把鐵鏈擊中了倪然，李維再幫忙綁著昏去的倪然。同步的還有莉莉一巴摑過去倪宜，再扯下李維的襪子，塞進這可惡女人的嘴裏。

莉莉大聲說：「不是喜歡講的嗎？！死八婆，以前到現在都欺負我！」摑多幾個響巴掌。

櫻田翔為宋亦寧解圍，就算是關掉了耳機也拉不回她的意識：「喂！宋亦寧。」

第二十一章　千年之約

這個巨石鎮確實是個清幽地，據聞古代之時有著不同巨大的石頭，其中有個大石本來是鎮壓封印的惡靈。可是，隨著日月如梭，漸漸的遺忘初衷，人類有時候會重複犯錯，甚至嘗試拔起前人所種的樹，由於開發的關係，矗立在中間的大石剛好為聚人所礙眼的，於是使出渾身解數把守衛大家的護盾瓦解，一粒一粒的碎石飛揚在空中。這個鎮開始遭遇天災橫禍，連續下了一個月的大雨，許多人被淹死。在停雨的那天起就乾旱了一個月，天色卻昏暗無光，人民開始數不清是何月何日。

在動盪不安的日子中，一位由王委派的將軍、也是流著皇室血統的將軍，由他帶領著家臣剿滅山賊、驅除外族，讓這塊邊界領土獲得安寧，他紆尊降貴，平日與農民務農，民望比那班只會在大費耗資的祭典上出現的大祭司和長老們高，自然惹來一些權力的嫉妒，大祭司與這位將軍在學院內走出大街上，人人都向將軍獻花，只有大祭司是被人漠視。

既然人禍可止，大祭司如果都不能消除天災，地位岌岌可危，狂妄的他在閉關占卜之後，竟然命令將軍擒拿麋鹿之王，取其首以獻祭神祇，祈求神祇憐憫他們，國泰民安，不過他們不是一直視麋鹿為守護靈，取牠們的命，豈不是挑戰神祇？

將軍詢問：「若麋鹿之首是神祇的化身，豈不是得罪神祇？」

大祭司反問：「妖言惑眾，你是如何證明麋鹿的化身？」

以當時的規條，如果將軍說是神祇告訴他的，這是越權，視為超越命選的大祭司、長老們，在當時的法律是要處以極刑。如果將軍只是胡言亂語，他將要受到懲罰及要破釜沉舟掠奪麋鹿之首的生命。

將軍冷靜地回答：「你又如何證明麋鹿不是神祇的化身？」

「我是大祭司，你是臣子，只需履行命令。」

「我是王的臣子、人民的將軍，不是祭司，也不是長老。」也就是說他不聽命於這位大祭司。

結果，這位大祭司肆意派出信眾上山追擊麋鹿之王。以為麋鹿容易捕捉的嗎？這幫所謂信眾也是亡命之徒，伏擊麋鹿之時被旱天雷劈中，全部死於非命，從此大家更不敢輕

舉妄動，誰也不敢傷害守護靈。

在這噩耗之下，大祭司再閉門占卜。焚燒了七天七夜的香，得出的是神祇尚在人間之時，曾成家立室，有位深愛的妻子。

「把鎮內最純淨血統的女孩獻給神祇，可得祂的寬恕。」

圍繞圓形坐的長老們，居然拿了一個又一個的活人獻祭，還是平息不了頻頻天災，恐懼竄入全身的感覺。

大祭司憤怒地質問：「為什麼還不行？」

二長老沙啞地問大長老：「你不是還有一個女兒嗎？」

大長老吼叫：「放肆！」

二長老繼續：「你這是違抗，她也許是神祇尚在人間的妻子！」

大長老大力拍桌：「她將來是要當王妃的，明年成人禮後就會浩浩蕩蕩的上朝，你豈能越軌！」

大祭司按壓太陽穴，沒精打采地拋下一句：「既然是王的女人，就不能碰了。」

大長老咬牙切齒的說：「還有那個人的女兒。」

大祭司冷笑著說：「她不是純血的。」

「全世界都是神祇的人。再者，她是有神力的。」激烈的討論聲此起彼落。

奉獻了無數的純血女子，換來的只是「真心錯付」、人心惶惶，整個領土由貴族所生而未嫁的女子只剩下一個。

月色正好，在深山某處的大平地，一位女子束了一把長馬尾，身穿藍衣長袍。她掏出一支木梳，梳著一隻威嚴、巨大的麋鹿，再為淌著血的鹿腿塗上草藥。一道細長的黑影一步步來到，他向麋鹿行了禮，麋鹿眺望遠方後便奔跑離開。這個長馬尾的女子低頭微笑，而這位細長黑影的人的樣子在月光下展露，他從背後抱緊了溫柔的身軀。

他磁性的嗓子說：「你的臉很燙。」

「曬月光嘛。」

風吹著他們，這個人在女子耳邊細語：「一天下來，我有多想你。」

「你不是應該很忙嗎？」

「你呢？有想我嗎？」

她溫柔地轉身，伸出了兩隻柔指，揉開了他的眉頭深鎖，微微點頭。

「嫁給我吧。」聽到這句話，她的心情沉重了，將軍輕掂著她的下巴，雙眼炯炯有神，堅定地詢問。

女子說：「你回去之後，王自然會賞賜你。」

「我去求王把你賞給我。」

女子想別過臉時卻被將軍雙手捧著臉龐，還被捏成鬼臉。

「我是認真的。」這個男子親吻著女子，在吻與吻之間說：「跟我走。」

溫柔的吻落在她纖纖的手背，他帶著不安的語調：「村內除了要獻給王的長老之女外，已經沒有別的未婚女子，他們已經陷入瘋狂，為了獻祭而不擇手段。」

她猶豫了，抬頭看穿這對深邃的雙眸，她搖搖頭：「我是母親和外來人的後裔，試問神祇會否接受一個不是純血的女孩？」

女子心有牽掛說：「我的母親還在這個地方，去不了別的地方。你是將軍，將來也是要繼承公爵之位，怎能說走就走？」

他還是心事重重：「外面的世界很大，我們可以去沒有飢餓、沒有頑固、滿口鬼神邪說的地方。」

一位盤起了髮髻的婦人把剛洗好的杯子放在石桌上，再為坐下來的她倒了一杯酒說：「你傻了嗎？」

換來的只是一口嘆息，婦人再把酒推到她面前說：「他是將軍，時間一到，奉命歸去是必然的。」

換來的是另一口嘆息，婦人挨近在耳邊說：「除非你有本事留得住他，讓他心有餘悸，非你不可。」

「願聞其詳。」

然後婦人在耳邊吹了幾句話，女子臉泛胭脂紅，忍不住反了白目，婦人繼續說：「撇開了那個婆娘，你是唯一嫁不出的。」

如果這裏有個洞穴的話，她大概會把自己埋在裏面。

「都怪你不留著將軍，他還帶著我的丈夫到處跑。」

「害怕他跑了？」

婦人指了指橫樑之上，她的丈夫每天都會送上鮮花，再展開了欠揍的得意表情。雖然都是一番揶揄，可是婦人說：「下輩子准許我選，我也會要他吧。」

「這麼有信心嗎？」

「就請你作『妖』吧。」

女子手指橫樑之上，花瓣落下，墜在手心之中，以此為記認。世界齒輪運轉，流水如雲，月有月圓月缺。將軍與她只可以抓住緊絀的美好時光，暴風雨卻不知不覺地來臨，將軍被設局外出討伐，還被劫走押運的貢品。

女子憂心將軍披甲上陣，而他只是說：「戰亂之下，誰可獨善其身。」

他可以做的是留下五位生死與共的將領，下令一定要守護著他心愛之人，下令不准在這段時間進行任何祭祀。

大祭司趁機宣告，天降冰雹、天神降臨要奪回留在人間的轉世妻子，而真正的妻子就是該女子，因為犯錯而被貶入人間，她只是降生在一位不是純血人的身軀之中。既然天神願意原諒，何不將其送回？

五位心腹分別為金、木、水、火、土，而金為小組之首的王佰榮擋在女子面前，此刻的他已經身中多箭：「我願為君亡，鞠躬盡瘁，效忠將軍，下咒大祭司。」

身受重傷的將領們，在人暗算之下走投無路，女子選擇自我犧牲，願意跟大祭司走，只為放過這五名鞠躬盡瘁的將領。可是，大祭司出爾反爾，暗算使用火攻包圍著他們。項上懸掛了金黃色琥珀的將領歇斯底里地發誓：「我們在彼岸死守，誓與君入地獄！」

大祭司反說：「我是天選的大祭司，誰會與我匹敵？最終他們都死在大祭司之手，女子被綁在祭轎之內，頂著巨大、華而不實的金銀冠冕，被逼換上鮮紅嫁衣，嘴巴被布封著。動彈不得看著群魔亂舞，開壇作法。

一群長老的手下押解著這個女子，押她在棺木之中，一大把如願紙傾倒入去五尺之下，隨著女子的母親也衝過來。

「她是你們口中的不潔之血！」

大祭司張口宣布：「你逝去的丈夫祖宗是這土地的人。」

母親狠狠地吼叫：「你們真是瘋了！神祇不會接受她，你們這樣做遭天譴！」

那班長老派人拉走了母親，一個女子被丟在棺木之中，硬生生地活埋了，她向著歿了的女兒大叫：「我保護不了你！你下輩子不要再找我了。」

她指向每個害她女兒的人，滿臉通紅地嘶喊：「天道在上，我要詛咒你們每一個人，此

鎮停陰不解，火災降臨！」

慘叫聲引起了他們的注目，女子摯友因為前來救命，鬆開了封嘴的布，遭人暗算而死。風聲鶴唳，傳來的正是那令人懼怕的咒語。

一位白長鬚及白長眉毛的大長老，拿著符號揮杖下指令，這個女人的下場當然是非常慘烈，是人是鬼，是惡貫滿盈還是胡言亂語。直到那個地方燒盡了。在那一刻起，天開始下雨，並不是傾盆大雨。是雨露的醫治，大祭司向大家宣告，他終於成功將神祇的心頭好送回去了。

這個時地人埋下了種子，接二連三的不幸，參與這場祭典的人都相繼慘死。

大祭司坐在大石之上，他說：「這塊石是我對她下的咒語。」

將軍的劍對準了大祭司充滿皺紋的喉結：「你死了，我便挪開這塊石。」

「她是神祇的人，你豈能與神祇相爭？！」

劍尖畫出了一道血，大祭司身體開始顫抖。

「她早就是我的女人，神祇也不能碰。」

大祭司突兀地瞪著了他，轉成憤怒：「你就不怕遭天譴！」

「又！如！何！」眼睛爆滿了血絲，他的咆哮貫穿了整個寂寞的黑夜：「都是你為了一己私欲，犧牲無數無辜的生命，犧牲了她！」

「你還是認命吧！就算她不當祭品，你也娶不了她！這就是事實！」

「你殺了我的人，害死了我的家臣，我也要你死無全屍。」

大長老在地上匍匐蛇行，指責大祭司的慫恿，哀求將軍的特赦，容許他留下小命，帶領王要的女兒上朝。

將軍質問：「她也是人家的女兒。」

大長老趁機偷襲將軍卻被輕易打走，將軍一劍殺死了他。

風吹起了，野獸嚎叫。此時，大祭司一把難聽的老牛聲唱出了祭典的老歌。天降了一條條的如願紙條，條條深到刺入了這兩個人的身上，劍尖最後刺穿了大祭司的喉嚨，不容許他再唱下去。

你以為每個人唱這童謠也有效嗎？

一條利角刺進了大祭司狹窄的胸膛，再扔這個老頭到一旁，祭司元首瞪著這頭巨型散發金光的麋鹿，祂乃是萬鹿之首，他心心念念的守護靈，居然置他於死地。麋鹿之首向天

再次嚎叫，讓大祭司痛苦，讓他疾痛，就是不給他一個痛快。

劍滑落在地上，將軍漠視自己傷痕累累，損耗自己的生命值，麋鹿之首呼喚了鹿群一起推開石頭，將軍與鹿群一起深挖。可惡的詛咒紙，花了好多的力氣，終於掘出了那個棺材，他費盡所有的力氣才掀到蓋子。

他撫摸著這塊冰冷的臉頰：「對不起，我來晚了。」

她的紅唇，變得蒼白，沒有一點血色。

她的臉龐，變得蒼白，沒有一點生氣。

冷冰冰的。

他抱起這個軀體，一步一步地撐起來，他一腳把還有氣息的大祭司踢到地下的棺材。

天下起雨了，颳起的風很冷，巨石倒下砸壞了這個空洞，屹立而不倒。

日月穿梭，太陽升起，墜兔收光，前塵往事早已封塵。

整個鎮也寂靜了好一會兒後，終於風調雨順，豐衣足食，突兀的巨石繼續無堅不摧。麋鹿群回到此處落地生根，帶了逢生的機會，人們開枝散葉。

這又是什麼時間點？無限輪迴，她已經累到爆了，倒不如讓她灰飛煙滅。

宋亦寧滿天星斗，再不醒來，她也許要長眠在黑洞之中，半生不死，正當她疑惑某個可能性之際，她開始有點氣喘，忽然一把摑了過來。

她回過神來，是這個女人，是她的母親，真正的宋海蘭。

來回折返，每次回想這場景，她都覺得渾身不舒服，有種大蟒蛇牽繞全身的感覺，為什麼這個女人一句問候也沒有便直接揍人，周圍的人唾棄她，揶揄她是一個外來人的種，外貌長相不像她母親。而這個母親活像喪屍，在地上扭動，接著像被人電擊後彈了一下，靜止不動的，亦寧用指尖試探這個女人是否還有呼吸。

亦寧問：「你想要什麼？」

等了好一會兒才得到的答案，這個女人冷冷的回答，她想要的是更多快樂，宋海蘭說：「給我錢。」

亦寧倔強的站了起來，她說：「沒有。」本想直接離開，宋海蘭扯著她，還挨了亦寧好幾下，亦寧掙脫了，宋海蘭失衡掉落在地上。她嫌棄地看著這個人，但心底有一個問

題糾結了亦寧很多年，亦寧不忿地問：「你有沒有一刻覺得我的誕生是讓你快樂的？」

宋海蘭嘲笑著：「沒有！」瞬間不加思索吐出的一句話，她之前大概有在腦海中演習過很多遍，叮囑千次萬次，絕對不要因為這個答案而傷心。如果……，沒有如果了，是有人把鐵釘真真實實地扎進了雙腳，裹足不前。

宋海蘭變本加厲，直接打開天窗說亮話：「我以為他會因你而回來，到頭來全押錯了。我應把你打掉。」

這個女人在口袋掏出僅餘的那包小可愛，專屬的開心魔法粉末，亦寧趁機搶過宋海蘭唯一的快樂魔法粉末，將其撕開隨風吹走，這個女人發飆的勒住亦寧的脖子，一股蠻力的誓要勒死她。亦寧一個反掐推開了她，這個女人跌在地上，怨天怨地，多難看，亦寧最終頭也不回的由得這個人在地上扭來扭去。

在走遠了好一會兒後，她的腳不由自主的回去了，想知道這個人還在嗎？她只是想知道那個人是在還是不在？

在啊，在的只是一個變冷的軀殼。這個人是用藥過量嗎？她怕得往後跌在地上，掠奪了呼吸。

「是你，遺棄了她。」是誰啊？亦寧惶恐地問。

「是你，讓她死的。」

亦寧也問了一句：「是我讓她死的嗎？」

為什麼巨石鎮的人都害怕著千年相傳的童謠？

「聽者的靈魂將直接面對審判。」說話的正正是王美如，小時候的亦寧不明白，後來王美如只是警告她不准去聽去說。

「不是只有受到詛咒的人才可以發動審判的嗎？」

「誰跟你說的？又是王老太婆嗎？」

亦寧搖搖頭說：「是位戴很大皇冠的紅衣姐姐說。」

「都叫你不要再看午夜鬼故。以後不准你半夜看電視。」

「美如，是我讓母親死的嗎？」

王美如看著小亦寧說：「是她的選擇，與人無關。」

「如果我早點回去或許她不用死。」

「沒有如果啊！我告訴過你，不可以再提，你為什麼不聽？她是用藥過量死的，我不想她連最後的死亡也成為這個鎮的話題，才把她秘密安葬。也要你隻字不提才可以保護你，現在你卻在跟我說起了鬼怪之說？罰你禁足一個星期。」因為胡言亂語而獲得王美如的狂扭耳朵大懲罰，小亦寧半求半哭才獲得赦免。

那個時候受到詛咒的正是FF團和倪宜，大祭司的怨靈唱出那童謠以為可以轉移詛咒重新，結果被六個小屁孩承繼這股力量。不過這位千年怨靈千算萬算都算不到這一下激靈了前世的使命。

最終章　今世續弦

「宋亦寧。」

這把聲音？映入亦寧眼簾的是當年的王佰榮，宋亦寧已經哭泣不已，她連忙道歉：

「對不起，當年救不到你。」

他為亦寧拭去眼淚，說：「這是我這個靈魂的宿命，是上輩子的他的使命。」

之後，他認真地說：「記起來。」

亦寧看見自己的手被王佰榮扭到快破碎，他繼續說：「給我記起來！你是神女，也是下咒及解咒之人。」

瞬變之間，上輩子的五尺之下，那個她身穿那件華而不實，她最討厭的衣服，還有這個重到令她花費多大的力氣才可以抬起頭的凰冠，在五尺之下，她對著大祭司大吼：

叩！叩！叩！

掌控生死天神，

當我要站在彼岸時，
以我的靈魂作渡河費，
將我的敵人送到審判台，
以我不滅的怨恨燒死他。

空氣中只有風聲，大祭司恥笑地向她撥了泥巴，活活生生的把她埋了。正當大祭司以為天降大任於他，聞得色變，一道電劈了下來，把大祭司電到散開而死無全屍。

五尺之下的大祭司做出最後的反擊，過了千年的封印，附上倪宜，誰不知倪宜一下子撞到柳安然，這個怨靈好像有程序錯誤，困在這個男人的身上，瞬色即變，柳安然拿起了手槍，**FF**團早已身受重傷，衛慕誠伸手阻止時，子彈飛過了他的手掌，再劃花了艾莉莉的頸部，是李維抱著了柳安然的大腿，柳安然射向掛在半空的鐵鏈，一個貨架掉下來擲到李維痛不欲生無力鬆手。

柳安然將宋亦寧從貨倉拖出來，在月圓之時，也就是她前世下咒的同一日，他的聲音已經化成刺耳的電音，他在嘶叫要求：「天神，我是你天選之人，我帶了你的妻子來，請解除我的詛咒吧！」

沒有一點風聲，他繼續大叫：「我以全世界的生命換我的自由！」還是沒有一點憐憫。他尖叫著勒住了亦寧質問為什麼？為什麼只有他在五尺之下冷冰冰，還要靠別人的身體才可以爬出來。

亦寧吱吱作聲，引來柳安然的注意，他挨靠地聽，換來亦寧大口就咬，他掙脫之後，亦寧說：「你殺了我，也不是要等我再轉世吧。你只適合五尺之下的冰冷。」

柳安然和大祭司的影子重疊了，亦寧已經不再害怕了，她閉上了眼睛，只為死前最後的畫面是她深愛的紀天行，猶如上輩子一模一樣。因為她不再感到孤獨。

「就算是一個人背負著千年記憶，我也願意記著你，我的將軍。」她閉起了眼睛準備再次沉睡。

一陣強烈轟天的直升機機葉聲，刺眼的光芒聚焦在她的身上，一個不留神，那位紀大神把好幾發子彈射中了柳安然。

宋亦寧在地上抬頭了，她的英雄上輩子遲到了，今世的天行終於趕上了，她在另一個世界吶喊也阻止不了他的哀痛。

上輩子的她下了個狠手，讓大家陷入了無盡的詛咒，也因此保住了小命，是禍是福也

是千絲萬縷。

亦寧看著女子，看著當時的她，說：「你守護著大家辛苦了。」

在女子頭上的凰冠，一塊一塊的瓦解，千年的痛苦，終於解放了。

躺在亦寧身旁的是早已斷氣的柳安然。

一位曾迷失方向的少年，曾經是巨石鎮聞風喪膽的人物，以「驅逐」換取有命離開，讓他可以在約市內擁有不愁吃穿的生活。正當他以為可以擺脫枷鎖，走到理想之路。誰不知在約市中，重遇心心念念的她。可是，天神總是盯著他，他曾經不關心的「家」卻成為了絆腳石，以為償還了這個「家」，為這個「家」提供他們所需，就可以還清「債」，兜兜轉轉的以為可以把「家」帶回到他們嚮往之地，便可以與她在一起，哪怕只是最卑微的守在她身邊，那個古靈精怪，拯救過自己的她，那個認為自己還不是太壞的人。

一切都是他自以為是的妄想，神女之心永遠都不曾停留在他身上，偷來的時間最終還是將命歸還了。

日出了，天氣非常好，她在最熟悉的懷抱之中，聽著這個男人的心跳，也聽著他的話：

「我們回家吧。」

「嗯。」

「還是七號。」

亦寧微笑著：「等我好點才……。」

「我足足等了一千年零一夜，我不想再等了。」

亦寧忍不住哭起了，他要兌現千年之約。

天行有力的臂彎抱緊亦寧，他說：「我已經使喚了柯德莉日以繼夜為你的婚紗趕工，任由 Karter 使喚。」

「你為什麼叫她？」

「因為是她冒犯過你，而且火是她放。」

「啊？」

天行知道亦寧想問什麼，說：「嫲嫲手段沒那麼低，是柯德莉自作主張與倪夫人聯手做的，畢竟她們是同一個家族的人。」

有仇不報非君子，誰叫那個女人作妖，宋亦寧現在對什麼也不想理會了。

「七號真是個好日子。」那顆戒指回到了女主人的手指上。

在後面跟著的華棟哲指揮著支援部隊，佩服著這班狂人，聽到手掌已廢的衛慕誠強撐著李維把他放在急救床上，他問：「接待員位置還有空缺對嗎？」

李維哭不成人地點頭，因為他的左腿應該救不了，挺著肚子的愛米莉扶著他的另一半身軀，突然間她抽搐了一下，說：「誠，我破了羊水。」

衛慕誠立馬扶著愛米莉坐上了李維的病床，他們直接闖去救護車。

翔背著莉莉，一個哭得像小孩的艾莉莉，把自己的頭埋在翔的外套中。

「行了，不會有人看到你的臉了大明星。」

她還是亂踹亂說：「你永遠都是討厭我。」

「我沒有討厭你。」

「你有。如果不是的話，你為什麼總是嘲笑我？」

翔嘆了一口氣，回應：「我只是習慣了。」

「什麼習慣了？」

「習慣把你們當成家人，才會肆無忌憚。」

不過莉莉並沒有停止哭泣，翔只好說：「因為當你是家人，才會這樣，對不起啦。」

結果莉莉哭得更厲害。

而倪宜被人再次關押在諾蘭精神病院的獨立病房。

依然相信自己是無辜，

依然不會放過他們任何一個，

「我依然擁有力量。我依然是無辜的，是他們誣衊，終有一天，他們要償還屬於我的一切。」就算身邊所有的人都死了也在所不惜。

就讓她一輩子待在牢固的石屎牆內。

詛咒？還是童謠？再也不緊要了，以血和靈魂換來的幸福，哪怕只是一輩子還是一瞬間可以與紀天行在一起，宋亦寧也願意。

叩！叩！叩！

掌控生死天神，

當我要站在彼岸時，

我的靈魂將奉還，任君主宰，
釋放在生的人吧。

紀天行，我愛你。

完

作者：玖月
出版人：卓煒琳
編輯：區杏芝
美術設計：李偉洋

出版：好年華生活百貨有限公司
地址：香港葵涌和宜合道151-157號勝利工業大廈5樓A座14室
查詢：gytradinggroup@gmail.com

發行：一代匯集
地址：香港旺角龍駒企業大廈10樓B&D室
查詢：27838102

國際書號：978-988-71280-0-7
出版日期：二零二五年七月
定價：港元118

Good Year Publisher

Printed in Hong Kong

Good Year 出版

本身有寫書的腦細希望為香港出版界帶來新的經營模式，鼓勵作者自由創作，同時確保他們能獲取應得的收入；並堅持僱用香港員工、在香港印刷，誓要成為真正的香港出版社。

goodyear_publisher

Good Year 出版

Good Year 出版網店